Adeline und der geheimnisvolle Gast

Camille Audette
Christophe Villain

Impressum

Camille Audette
c/o Peter Bingel
Pettenkoferstrasse 2
45470 Mülheim an der Ruhr
ISBN: 978-3-98942-463-0

ISBN: 9798335979771

Mail:	Krimi@C-Villain.de
Facebook:	C.Villain
Webseite:	www.c-villain.de

Coverdesign by: Giusy Amé / MagicalCover.de
Bildquelle: Duy Phan
Lektorat: Textcheck Agency, Michaela Marwich
Korrektorat: Birgit van Troyen

Adeline und der geheimnisvolle Gast

Camille Audette
Christophe Villain

Personenverzeichnis

Adeline Fréchet	angehende Journalistin und Aushilfe im Café Fleur
Simone Melan	Adelines Tante
Carmen	Besitzerin des Café Fleur
Marguerite	Adelines beste Freundin
Régis Boyer	Bürgermeister von Beauregard
Mathieu Passard	Chef de Police von Beauregard
Jean-Luc Avent–	Feldhüter von Beauregard
Sébastien	Angestellter im Château de Beauregard
Capitaine Rousseau	Kriminalpolizist aus Nîmes
Lieutenant Gaudry	Kriminalpolizistin aus Nîmes
Philippe	talentierter Koch aus der Bégude
Charlotte	leitet die Pension in der Bégude
Charles Duran	hält sich in Beauregard versteckt
Tahar Djeba	Verbrecher, der sich einen Namen machen will
Jules Boudan	Gast in der Bégude
Maurice Pastel	hat sich auf die Suche nach Duran begeben
Pierre Egmont	Komplize von Pastel
Aurélie Benoît	Besitzerin eines Weinguts
Hubert Tremoin	Vorarbeiter auf dem Weingut

Auf der Suche

Geröll kam unter Tahar Djebas Füßen ins Rutschen und er fluchte, während er den Hang hinaufkletterte und sich durch das Gebüsch zwängte. Sein Hemd verhedderte sich an einer dornigen Ranke. Er zog den Arm kräftig nach vorne, um sich zu befreien. Der Stoff riss und die Dornen kratzten über seinen Oberarm.

»Verdammt.« Der Kratzer brannte auf seiner verschwitzten Haut. »Bald bin ich aus dem Drecksloch weg. Wird auch höchste Zeit.«

Beinahe eine Woche hatte er in dieser Bégude bei Beauregard übernachtet und die Gegend systematisch abgesucht. Fast hätte er aufgegeben und wäre mit leeren Händen nach Marseille zurückgefahren, doch dann hatte der Zufall Djeba geholfen, und der Mann, den er vor acht Jahren zum letzten Mal gesehen hatte, war ihm auf dem Marktplatz über den Weg gelaufen. Glücklicherweise war er selbst unentdeckt geblieben. Der Tipp hatte sich am Ende als richtig herausgestellt. Der Verräter hatte sich in dieser trostlosen Gegend verkrochen. Jetzt musste er geduldig sein, etwas, das ihm für gewöhnlich schwerfiel, aber in diesem Fall war die Belohnung, die ihn erwartete, ein paar Tage wert. Seine Reisetasche lag bereits gepackt im Kofferraum des Wagens und aus der Unterkunft in dem alten Gemäuer hatte er ausgecheckt.

Er schaute auf die klobige goldene Armbanduhr. Es ging auf zehn Uhr zu und die Sonne verschwand langsam hinter dem Horizont. Heute Nacht würde er die Anderen im Club treffen, sie würden staunen, was er herausgefunden hatte. Ein Grinsen zog seine Mundwinkel weit auseinander. Mit der Beute, die zum Greifen nah vor ihm lag, waren alle seine Geldsorgen vergessen. Nächste Woche würden sie gemeinsam zurückkommen und das Versteck aus ihm herausprügeln, das war sicher. Früher hätte der alte Kerl vielleicht eine Chance gehabt, ihnen zu entwischen, doch seine besten Tage lagen lange hinter ihm.

Djeba setzte sich auf einen Felsen, der hüfthoch aus dem Boden ragte, zupfte an seinem verschwitzten Hemd und holte eine Kamera mit einem Teleobjektiv aus dem Rucksack. Von hier aus hatte er die Gegend im Blick. Sobald der Typ sich sehen ließ, würde Djeba ein paar Bilder von ihm schießen, für den Fall, dass die Anderen an seiner Entdeckung zweifelten. Sein Beobachtungsposten war ideal gewählt, jetzt musste er nur noch warten. Er legte die Kamera neben sich und griff nach seiner Wasserflasche.

»Au.« Djeba ließ die Flasche fallen und schlug auf seinen linken Oberarm. *Erwischt.* Ein schmieriger Fleck war alles, was von der Mücke übriggeblieben war. *Komm raus, alter Mann, ich will hier weg, bevor die Biester mich auffressen.*

Ein rutschender Stein übertönte das Zirpen der Zikaden. Djeba drehte den Kopf und stockte mitten in der Bewegung. Er starrte in den Lauf einer doppelläufigen Schrotflinte, die auf seine Brust gerichtet war. Sein Gegenüber stand mit der Sonne im Rücken, sodass Djeba nur den Umriss erkennen konnte. Doch es konnte sich nur um eine Person handeln, diejenige, die er gesucht hatte.

»Einen schönen Platz hast du dir ausgesucht. Ich hoffe, du hast gefunden, wonach du Ausschau gehalten hast.«

»Was soll das?«, presste er heraus und stand langsam auf. Die Kamera kam ins Rutschen und fiel auf den Boden, doch Djeba ignorierte sie. Was mit ihr geschah, war gerade sein geringstes Problem.

»Jemand wie du fällt in dieser Gegend auf. Dachtest du wirklich, ich bekomme es nicht mit, dass du hier herumschleichst?«

Djeba schwieg. In seinem Kopf wirbelten die Gedanken, wie er die Flinte zur Seite schlagen und sein Gegenüber angreifen konnte. Doch der Fels, der zwischen ihnen stand, machte es unmöglich.

»Versuch es! Aber nicht einmal du bist dumm genug dafür.«

»Was hast du vor?« Ein Zittern schlich sich in Tahar Djebas Stimme.

»Hast du es den Anderen schon berichtet oder wolltest du abwarten, um vor ihnen damit zu prahlen und dich feiern zu lassen?«

»Natürlich wissen die alles. Es wird nicht lange dauern und sie sind hier«, log Djeba. Tatsächlich hatte er nur vage über seine Reise in den Süden gesprochen. Sein Gegenüber lag mit seiner Vermutung richtig, er hatte ihre Gesichter sehen wollen, wenn er ihnen seinen Erfolg offenbarte. Das war ein Fehler gewesen.

»Glaube ich nicht. Sie hätten dich nie allein herkommen lassen. Die wissen, dass du nicht gerade der Hellste bist.«

»Wir kriegen dich.« Er blinzelte und Tränen stiegen in seine Augen, als er in die Sonne starrte. »Gib uns, was uns gehört. Dann kommen wir alle ohne Schaden aus der Sache raus.«

»Habe ich nicht vor.«

»Glaubst du wirklich, du kannst etwas gegen uns ausrichten?« Djeba wurde mutiger, umrundete den Felsen und ging einen Schritt auf die Gestalt zu, die er noch immer nicht klar erkennen konnte »Du bist allein gegen uns.«

»Dann muss ich wohl das Verhältnis zu meinen Gunsten ausgleichen.«

Tahar Djeba erstarrte, als er die kalte Stimme hörte. Es blitzte aus beiden Läufen und grobes Schrot traf ihn wie der Tritt eines Pferdes in die Brust. Tahar Djeba war tot, bevor er auf dem steinigen Boden zwischen den Büschen auftraf. Blut rann aus seinem zerfetzten Brustkorb und versickerte im Geröll des Hangs.

Bégude de Sainte-Claire

Adeline lud die Werkzeugkiste ihres Vaters und eine gepackte Reisetasche aus dem Kastenwagen ihrer Tante Simone, die sie zu Hause abgeholt und an der Bégude de Sainte-Claire vor dem ehemaligen Taubenturm abgesetzt hatte.

»Heute wird der Saustall demnach ausgemistet?« Die Frau, die eine grüne Latzhose mit Flicken an den Knien, ein kariertes Hemd und robuste Schuhe trug, trat neben sie. Ein vorwurfsvoller Unterton lag in ihrer Stimme, als hätte Adeline sich schon zu lange vor der Arbeit gedrückt, dabei hatte sie erst vor wenigen Tagen entschieden, in die Bégude einzuziehen.

»Ich musste einige notwendige Vorbereitungen treffen, aber jetzt fange ich an, den Turm auszuräumen.«

»Und wann wirst du umziehen?«, fragte ihre Tante und reichte ihr eine Kabeltrommel aus dem Kofferraum.

Adeline wandte sich dem dreistöckigen Turm mit dem kleinen Anbau zu. Er ragte deutlich über die Umgrenzungsmauer und die Wirtschaftsgebäude der ehemaligen Kutschenstation hinaus. Sie schätzte ihn auf annähernd zehn Meter Höhe. Sie war gespannt auf den Blick von der obersten Etage über die Weinfelder und den Fluss, der sich an der Bégude vorbeischlängelte. Bis jetzt hatte sie es noch nicht geschafft, hinaufzukommen. Zu viel Gerümpel, das sich in den letzten Jahrzehnten angesammelt hatte, versperrte den Zugang zur Treppe. Auch die jetzigen Bewohner der Bégude hatten hier überflüssigen Kram gelagert und danach vergessen. *Vielleicht kann ich einiges an Madame Picard loswerden,* überlegte sie. Die Frau kaufte Möbel und Krimskrams, der alt aussah, die sie dann in ihrem Laden als Antiquitäten anbot.

»Es wird eine Weile dauern, bis ich das Erdgeschoss frei habe. Hoffentlich sind die beiden Stockwerke darüber einfacher zu entrümpeln. Ich rechne damit, in drei oder vier Wochen so weit zu sein, hier bequem wohnen und arbeiten zu können. Was mir noch Sorgen macht, sind Strom und Wasser. Um den Internetanschluss, den ich für mein Geschäft brauche, habe ich mich bereits gekümmert.«

Tante Simone trat zu ihr und betrachtete Adelines neues Zuhause.

»Der alte Charles hat die Bégude noch vor zehn Jahren als Bauernhof betrieben. Die Wanderarbeiter, die bei der Obsternte halfen, brachte er hier im Anbau unter. Im Haus wohnten die Familie und ein oder zwei Knechte, die ständig auf dem Hof arbeiteten. Wir haben als Jugendliche hin und wieder ausgeholfen, um ein bisschen Geld dazuzuverdienen. Wenn ich mich richtig erinnere, gab es damals schon Strom und ein ziemlich einfaches Bad im Turm.« Sie zeigte auf den kleinen Anbau, der im rechten Winkel vom ehemaligen Taubenturm abstand. »Wasser- und Stromanschlüsse sind also vorhanden, aber in welchem Zustand die sind, wird sich zeigen.«

»Das würde mir Arbeit ersparen.« *Vor allem Geld.* Die finanzielle Starthilfe, die sie von Delphine Chinon erhalten hatte, musste für die allernotwendigste Sanierung des Turms, dem Einrichten des Studios und das erste Arbeitsjahr reichen. Den Job im Café Fleur würde sie daher nicht aufgeben können, denn mit Einnahmen, die ihr den Lebensunterhalt sichern würden, rechnete sie vorerst nicht. Falls ihr Plan, sich als Journalistin in Beauregard selbstständig zu machen, überhaupt aufging. Ihre Freundin Marguerite war in diesem Punkt deutlich optimistischer als sie. *Aber es ist auch nicht ihre Zukunft, die auf dem Spiel steht.*

»Wie bekommst du den Sperrmüll weg? Ich kann dir den Kastenwagen nicht leihen, den brauche ich ständig auf dem Hof.«

Adeline nickte. Das hatte sie auch nicht erwartet. Ihre Tante besaß eine gutgehende Ziegenfarm in der Nähe von Beauregard. Entweder arbeitete sie auf dem Hof, in der Käserei oder belieferte Restaurants in der Umgebung. Seit kurzem ebenfalls Philippe und Charlotte, die die Pension in der Bégude betrieben.

»Es war schon lieb von dir, heute Morgen meine Sachen mitzunehmen. Außerdem ist viel von dem Zeug zu sperrig für das

Auto. Philippe hat von der Besitzerin des Weinguts einen Anhänger besorgt und auf dem hinteren Hof abgestellt. Da kann ich alles raufwerfen und in den nächsten Tagen fahren wir das Gerümpel zur Müllhalde.«

»Von Aurélie?«

»Du kennst sie?«

»Wieso fragst du? Ich kenne jeden in der Gegend, der sein Geld in der Landwirtschaft verdient.« Tante Simone steckte beide Daumen hinter die Träger der Latzhose und zog daran, während sie leicht auf den Füßen wippte. Es kam Adeline vor, als würde sie zögern, etwas über die Frau auszuplaudern. Normalerweise hielt sie mit ihrer Meinung über andere Leute nicht hinter dem Berg, auch nicht, wenn es wenig respektvoll war.

»Und was ist mit ihr?«

»Nichts Besonderes«, wiegelte sie ab. »Aurélie hat vor einigen Jahren das Weingut von ihrem Vater geerbt. Der alte Säufer hatte es vor die Hunde gehen lassen, aber sie hat es wieder hochgepäppelt. Ist eine echte Perle geworden, auf die Beauregard stolz sein kann.«

»Scheint eine tatkräftige Frau zu sein.«

»Das ist sie bestimmt. Sie sitzt im Vorstand des Bauernverbands und für die Konservativen im Stadtrat.«

Adeline wunderte sich, dass Philippe und Charlotte, die eher liberal eingestellt waren, trotzdem bei ihr den Wein für die Bégude kauften.

»Immerhin leiht sie mir einen Anhänger und ist bereit, die Sachen zur Müllhalde zu fahren. Ganz so schlimm kann sie demnach nicht sein.«

»Wir kommen gut miteinander klar, auch wenn wir in manchen Punkten unterschiedlicher Meinung sind. Aber jetzt muss ich mich auf meine Tour machen und den Käse abliefern. Und du hast Besseres zu tun, als hier mit deiner alten Tante rumzustehen und zu schwatzen. Die Arbeit macht sich nicht von allein.« Sie verabschiedete sich mit einem knappen Nicken und stieg in ihren Wagen. Kurz darauf rollte der Kastenwagen mit der Beschriftung ihrer Molkerei durch das Tor auf den holprigen Feldweg, der an der Bégude vorbeiführte.

Adeline nahm eine Spraydose mit Kriechöl und sprühte die rostigen Türangeln ein. Es würde einige Zeit brauchen, bis es wirkte. Sie ging mit der Kabeltrommel zu einer der Außensteckdosen am Haupthaus. Das Kabel reichte problemlos bis zum Taubenturm und sie war froh über ihren Vater, der Werkzeug stets überdimensioniert kaufte, um für jeden Notfall gerüstet zu sein. Das Stromproblem war provisorisch gelöst und der Rest würde sich ergeben, sobald der Turm ausgeräumt war und sie sich einen Überblick verschaffen konnte. Vielleicht hatte sie Glück und ihre Tante behielt recht damit, dass ein Wasser- und Stromanschluss existierte. Sie packte die neu gekaufte Action-Kamera aus und überprüfte, ob die Speicherkarte funktionierte und der Akku geladen war. Es gab nur eine Chance für die Aufnahme, daher musste es reibungslos funktionieren.

Mit einer Metallbürste rieb sie Dreck und Rost von den Türangeln und kratzte mit einer Schaufel Erde und Gras vor der Tür zur Seite. *Dann versuchen wir es mal.* Mit beiden Händen griff sie die rissige Holztür, die einige hundert Jahre auf dem Buckel hatte, und bewegte sie vor und zurück, damit das Öl sich besser verteilte, bevor sie sie komplett öffnete, was leichter ging, als sie befürchtet hatte. Mit einem Haken sicherte sie sie an der Wand. *Hoffentlich geht der Rest ähnlich problemlos.*

Spinnweben hingen von der Decke und Staubflocken blitzten im Sonnenlicht, das durch die offenstehende Tür eindrang, auf. Möbel und rostige Arbeitsgeräte füllten den Raum. Adeline war neugierig, in welchem Zustand sich der Rest des Gebäudes befand. Möglicherweise verwandelte sich ihr Abenteuer, den Turm zu sanieren, in einen Albtraum. Sollte Regen durch das Dach eindringen, konnten die Bodenbretter in den oberen Etagen morsch und verschimmelt sein. Das zu reparieren, läge weit außerhalb ihres schmalen Budgets. Doch jetzt schob sie den Gedanken zur Seite. Heute musste sie sich darauf konzentrieren, das Erdgeschoss freizuräumen.

Adeline schraubte die neue Kamera auf ein Stativ, das sie auf die maximale Länge auszog.

»Das sollte passen«, murmelte sie und betrachtete die kleine Action-Kamera, die sich etwa auf der Höhe ihres Kopfes befand. Zur Sicherheit schloss sie eine Powerbank an, damit sich die Aufnahme nicht aus Batteriemangel abschaltete.

»Hallo, Adeline.« Im Türrahmen stand Charlotte. »Machst du Bilder von dem Chaos? Vorher und Nachher-Vergleiche?«

»So etwas Ähnliches. Wenn ich schon aus der Gegend berichten will, ist die Sanierung des Taubenturms mein erstes großes Projekt. Ich stelle die Kamera auf Zeitraffer und dokumentiere, was ich heute erreiche. Vielleicht interessiert es ja irgendwen.«

»Tolle Idee.« Charlotte trat in den Raum und sah sich um. »Es wird sich bestimmt einiges ändern. Ich würde dir gerne helfen, aber ...« Sie strich mit der flachen Hand über ihren Bauch, der sich deutlich wölbte.

»Es kann doch nicht mehr lange dauern, bis der erste Nachwuchs in der Bégude kommt«, sagte Adeline.

»Ein paar Wochen werde ich noch durchhalten müssen.«

»Mit etwas Glück ist mein neues Zuhause bis dahin einzugsbereit und ich kann hin und wieder beim Babysitten aushelfen.«

»Das wäre bestimmt schön. Aber jetzt mache ich mich zurück in die Küche. Wir haben Gäste und ich muss das Essen vorbereiten.«

»Warte einen Moment.« Adeline holte eine weitere Kamera aus einer gepolsterten Tasche und schoss einige Fotos von Charlotte. »Als Erinnerung. Ich schicke sie dir zu.«

»Danke. Komm heute Abend zum Essen rüber. Bei dem herrlichen Wetter sitzen wir im Hof. Das wird bestimmt nett.«

»Sehr gerne.«

»Und wirf alles weg, was du nicht behalten willst, wir haben unsere Sachen bereits rausgeholt.«

»Mach ich.« Adeline schaute sich um. Viel gab es nicht, das sie noch gebrauchen konnte. Das Bettgestell war gebrochen und die beiden Matratzen, die hochkant gegen die Wand standen, stanken erbärmlich und waren mit dunklen Flecken übersät. *Das geht alles auf die Müllhalde.*

Charlotte war ins Haus zurückgekehrt und Adeline hob mehrere Kartons mit Krimskrams auf eine Schubkarre, die sie sich von Philippe geliehen hatte. Der Anhänger, den sie benutzen durfte, war auf der gegenüberliegenden Seite der Bégude geparkt, wo sich die Parkplätze der Gäste und Bewohner befanden. Sie pfiff leise vor sich hin und schob die Karre über den Rasen am Haupthaus vorbei. Es war die erste Fuhre von vielen, die sie für heute geplant hatte.

An einem der Wagen stand ein Mann. Wahrscheinlich einer der Feriengäste, vermutete sie. Er war fast einen Kopf größer als sie und besaß die Schulterbreite eines Wandschranks, was zu dem kantigen Gesicht und dem millimeterkurzen Haarschnitt passte. Er wirkte, als hätte ein Bildhauer sein Werk vorzeitig beendet, ohne sich um die Feinheiten zu kümmern. Um den Hals baumelte ein teuer aussehendes Fernglas und auf dem Dach seines Wagens lag eine ausgebreitete Karte, die er betrachtete. Das Hemd war bis zu den muskulösen und stark behaarten Unterarmen hochgewickelt. Ein offenstehender Rucksack, auf dem eine Kamera mit einem Teleobjektiv lag, lehnte gegen den Vorderreifen. Sie warf einen Blick auf die Kamera. Er musste eine Stange Geld für seine Ausrüstung hingeblättert haben.

»Guten Morgen«, begrüßte Adeline ihn, stellte die Schubkarre neben dem Anhänger ab und wischte sich Staub und Spinnweben vom T-Shirt.

Er sah zu ihr und seine buschigen Augenbrauen schoben sich leicht zusammen, als würde sie ihn bei etwas Wichtigem stören. Schließlich rang er sich zu einem Nicken durch.

Adeline griff einen staubigen Koffer, dessen Seite eingerissen war, und warf ihn mit viel Schwung auf den Anhänger. Sie hatte ihn aus dem Turm genommen, ohne sich den Inhalt anzusehen. Jemand hatte ihn stehenlassen, und das schon vor sehr langer Zeit. Es war bestimmt besser, keinen Blick hineinzuwerfen.

»Sie wohnen hier?«, fragte der Fremde, nachdem er ihr eine Weile zugesehen hatte, ohne ihr seine Hilfe anzubieten. Auch seine Stimme passte zu seinem Äußeren, sie klang rau, wie Steine, die man aneinanderrieb.

»In Beauregard, aber ich werde demnächst in die Bégude ziehen. Sobald mein neues Zuhause ausgemistet und instandgesetzt ist.«

»Viel Arbeit, wie es aussieht.« Er strich sich mit der Hand über seinen Dreitagebart und Adeline glaubte fast, ein leichtes Kratzen zu hören.

»Das stimmt.« Eine rostige Lampe mit zerrissenem und angeschimmeltem Schirm flog auf den Anhänger, gefolgt von einem der Kartons.

»Vielleicht können Sie mir helfen«, sagte er unerwartet »Ich suche einen bestimmten Ort.«

»Gerne. Die Gegend kenne ich gut.«

»Es heißt, ein gewisser Charles Duran lebt hier. Er soll einen Bauernhof in der Nähe des Flusses bewohnen.«

»Der Name sagt mir nichts.« Adeline legte eine Holzlatte zurück in die Schubkarre und trat zu dem Mann. »Wissen Sie denn ungefähr, wo der Hof liegen soll?« Sie stellte sich auf die Zehenspitzen, um einen Blick auf die Karte zu werfen.

»So geht das einfacher.« Er nahm den Plan vom Autodach und legte ihn auf die Motorhaube. »Irgendwo in dieser Gegend, glaube ich.«

Adeline beugte sich über die Karte. In dem Bereich, den er mit seinem Zeigefinger umfuhr, lag das Weingut von Aurélie Benoît und einige kleinere Bauernhöfe, von denen die meisten schon seit langem von ihren Besitzern aufgegeben worden waren.

»Er muss so vor sieben oder acht Jahren in die Gegend gekommen sein«, sagte der Fremde.

»Da fällt mir leider niemand ein. Am besten fragen Sie auf dem Weingut der Benoîts nach, die sollten über ihre Nachbarn Bescheid wissen.«

»Danke, das tue ich dann wohl.«

»Ein Bekannter von Ihnen?«, fragte Adeline.

»Nein«, antwortete der Mann nach einem kurzen Zögern. »Ich beobachte Vögel, und es hieß, er würde sich hier auskennen.«

Deswegen also das Fernglas. Es war der zweite Ornithologe, den sie in letzter Zeit kennengelernt hatte.

»Wonach suchen Sie?«

»Nach einem Geier«, murmelte er und stockte. »War nur ein Scherz. Ich will einige Fotos von Greifvögeln machen.«

»Ich bin die Tage ebenfalls mit einem Vogelkundler unterwegs. Vielleicht bekommen wir ein paar Greifvögel zu Gesicht. Auf jeden Fall werde ich ihn nach den besten Stellen fragen.«

Sie hatte Monsieur Clairon versprochen, ihn zu begleiten, und sie hielt ihre Versprechen, auch wenn sie sich Angenehmeres vorstellen konnte, als sich in aller Frühe aus dem Bett zu quälen und stundenlang darauf zu warten, dass sich irgendein Vogel zeigte.

»Ist nicht nötig, ich finde schon, wonach ich suche«, wiegelte er ab. Es kam ihr vor, als würde er es bereuen, sie gefragt zu haben.

»Kein Problem.«

»Ich mache mich dann mal auf den Weg.« Er steckte die Kamera in den Rucksack und verschloss ihn.

»Sie können bequem bis zum Gut fahren.«

»Ich gehe lieber zu Fuß, ist gesünder«, behauptete er. Der blassen Haut und dem leichten Sonnenbrand nach zweifelte Adeline daran, dass er in letzter Zeit oft an der frischen Luft unterwegs gewesen war.

»Wenn Sie die Bégude verlassen, gehen Sie geradeaus, bis Sie auf die Ruine einer Kirche stoßen, dahinter biegt der Weg nach links ab, in Richtung des Flusses. Etwa drei bis vier Kilometer und Sie erreichen das Gut. Sie können sich kaum verlaufen.«

»Danke. Ich werde es schon finden.« Der Mann faltete die Karte zusammen und steckte sie in die hintere Tasche seiner Hose. Aus dem Seitenfach des Rucksacks ragte der Stiel einer Taschenlampe.

»Und viel Glück.«

Er stutzte und sah sie fragend an. »Wobei?«

»Mit den Geiern. Wenn Sie extra nach Beauregard kommen, um sie zu beobachten, müssen die doch recht selten sein.«

»Ach so. Das wird sich zeigen.« Er nahm den Rucksack, warf ihn auf die Schulter und marschierte ohne ein weiteres Wort davon.

Sie sah ihm hinterher, bis er durch das Tor schritt und hinter der Mauer, die die Bégude umgab, verschwand. Sie schmiss den Rest, der noch auf der Schubkarre lag, auf den Anhänger und machte sich auf den Rückweg zum Turm. Den Weg würde sie heute viele Male zurücklegen müssen.

Zu ihrer Überraschung saß Sébastien auf dem Rasen vor dem Turm und lehnte sich mit dem Rücken gegen die Wand. Sonst kannte sie ihn nur in seinem schicken Outfit, das er für seinen Job als Rezeptionist der Seniorenresidenz im Château de Beauregard trug. Heute hatte er Jeans und ein schwarzes T-Shirt ausgewählt.

»Was bringt dich hierher?«

»Ich freue mich ebenfalls, dich zu sehen«, erwiderte er und stand auf.

»Ich mich auch, aber woher wusstest du, wo ich bin?«

»Ich habe vermutet, dass ich dich hier finde. Schließlich willst du in die Bégude ziehen. Außerdem war bei dir zu Hause niemand.« Er trat einige Schritte zurück, legte den Kopf in den Nacken und betrachtete den Turm. »Das ist ein ordentliches Projekt, das du dir vorgenommen hast. Da steckt ein Haufen Arbeit drin.«

»Das kann man wohl sagen, aber es wird sich lohnen.«

Er zog ein paar Arbeitshandschuhe aus der hinteren Hosentasche. »Dann habe ich die also nicht umsonst eingepackt.«

»Du willst mir helfen?«, fragte sie erstaunt. Sie hatten sich erst vor wenigen Tagen kennengelernt. Sébastien hatte ihr zur Seite gestanden, als sie von der Polizei des Mordes verdächtigt worden war, aber sie hatte vermutet, ihn nicht mehr wiederzusehen, jetzt, da Capitaine Rousseau die wahre Täterin überführt hatte. *Mit etwas Unterstützung von mir.*

»Heute ist mein freier Tag. Bevor mir langweilig wird, mache ich mich lieber nützlich.«

»Langeweile ist das Letzte, das dich hier erwartet.«

»Ich habe einen Blick hineingeworfen, da sind einige Teile, die für einen allein zu schwer sind. Lass uns da*mit anfangen.«*

»Alles klar.« Sie ging vor ihm in den Turm. »Am besten, wir nehmen zuerst das Bett, das ist am sperrigsten. Danach wird es leichter.«

Adeline warf einen Blick auf die Schimmelflecke an der Matratze, das abgesplitterte Holz am Bettgestell und hervorstehende, rostige Nägel. Sie zog ein paar feste Arbeitshandschuhe an, von denen sie vorausschauend ein halbes Dutzend im Baumarkt gekauft hatte, und hob den vorderen Teil der Matratze an. Sébastien nahm den hinteren und sie trugen sie gemeinsam zum Anhänger auf dem Parkplatz. Der Anfang war gemacht.

»Das war die letzte Fuhre.« Sébastien stellte die leere Schubkarre hinter dem vollgeladenen Anhänger ab und setzte sich auf den Rasen in den Schatten einer knorrigen Eiche. Mit dem Unterarm wischte er sich den Schweiß von der Stirn. Adeline ließ sich neben ihn fallen. Ihr ging es nicht besser. Die Muskeln schmerzten und sie brauchte dringend eine Dusche. Der Turm war ausgeräumt. Eine alte Eichenkommode, ein Campingtisch und ein Nachttischchen standen auf dem Rasen, Adeline fand sie zu schade zum Wegwerfen. Sie würde sie saubermachen und benutzen. Andere Möbel besaß sie noch nicht.

»Ich hätte nicht gedacht, dass wir mit dem Erdgeschoss fertig werden.«

»Immerhin waren wir zu zweit«, sagte Sébastien.

»Es war wirklich nett, dass du geholfen hast. Ich revanchiere mich, sobald du was brauchst.«

»Du kannst mal einen Artikel über die Residenz im Château schreiben. Werbung können wir immer gebrauchen.«

»Mache ich gerne«, stimmte sie ihm zu. Allerdings hörte sich das eher nach einem Gefallen für sie als für den Besitzer der luxuriösen Seniorenresidenz an. Für eine ganze Weile würde Adeline froh sein, überhaupt an interessante Artikel zu kommen. Noch waren sie und ihr Vorhaben in der Umgebung völlig unbekannt.

Ein Auto näherte sich und bog vom Feldweg auf den Parkplatz der Bégude ein. Adeline sah ihm neugierig entgegen.

»Neue Gäste?«, fragte Sébastien.

»Keine Ahnung. Soweit ich weiß, sind zurzeit alle Zimmer vermietet.«

Der Wagen hielt und eine Frau, vielleicht Anfang dreißig, stieg aus. Ihre blonden Haare hatte sie zu einem Zopf gebunden, der ihr über das helle T-Shirt bis zu den Schulterblättern fiel. Die Jeans passte zu ihrer schlanken Figur und dem sportlichen Gang.

»Du bist Adeline?«, fragte sie.

»Woher wissen Sie das?«

»Wer solltest du sonst sein? Du siehst aus, als hättest du den ganzen Tag schwere und schmutzige Sachen geschleppt, und du sitzt neben dem Anhänger, den Philippe sich von mir ausgeliehen hat. Außerdem habe ich dich schon mal im Café Fleur gesehen.«

»Oh. Sie sind Aurélie Benoît?«

»Ja.« Sie zeigte mit dem Daumen über ihre rechte Schulter zu dem Mann, der aus dem Fenster des Wagens schaute. »Das ist Hubert. Er arbeitet mit mir auf dem Weingut.«

»Vielen Dank, dass wir den Anhänger benutzen können.« Adeline stand auf und wischte sich die schwitzigen Handflächen an der Hose ab. »Ich würde Ihnen die Hand geben, aber so dreckig, wie ich bin …«

»Kein Problem. Mir sind Leute am liebsten, die zupacken können.« Sie trat auf Adeline zu und fasste ihre Hand, die sie kräftig schüttelte. Die Frau wusste, was sie meinte, wenn sie von *zupacken* sprach. »Deine Tante Simone sitzt mit mir im

Stadtrat. Jetzt schuldet sie mir einen Gefallen, das kann man immer gebrauchen«, sagte sie und lachte.

Besonders viel würde sie für den Anhänger allerdings nicht von Tante Simone erwarten können.

»Stimmt, das hat sie erwähnt.« Adeline erinnerte sich an den Kommentar ihrer Tante. *So sehen heutzutage also die Konservativen aus.*

Sébastien stand auf und schüttelte der Frau die Hand. Ihrem Begleiter nickte er zu, was der Mann mit einem freundlichen Winken erwiderte.

»Seid ihr fertig oder kommt noch mehr?«

»Das ist erst mal alles. Das Erdgeschoss ist jetzt freigeräumt.«

»Dann kommen wir morgen Nachmittag und fahren den ganzen Plunder auf die Müllhalde. In Ordnung?«

»Das wäre klasse.«

»Abgemacht.« Die Frau drehte sich um und wollte zum Wagen gehen, als Adeline der Fremde vom Vormittag wieder einfiel.

»Heute Morgen war ein Gast bei mir, der sich nach jemandem in Beauregard erkundigt hat. Ich konnte ihm nicht weiterhelfen.«

»Das sollte nicht schwer sein, hier kennt man sich doch untereinander«, erwiderte die Frau.

»Er soll einen Bauernhof in der Umgebung Ihres Weinguts besitzen.«

»Bei uns?«, fragte ihr Begleiter und lehnte sich weiter aus dem Fenster des Wagens. »Da gibt es keinen Betrieb mehr, der noch am Laufen wäre. Nur ein paar verlassene Höfe, von denen kaum einer bewohnt ist. Hat er gesagt, wen er sucht?«

»Ja. Der Mann soll Charles Duran heißen.«

Er kratzte sich die stoppelige Wange und sah fragend in Richtung seiner Chefin. »Mir fällt da niemand ein, der sich so nennt, und dir?«

»Nein.« Sie schüttelte den Kopf. »Ich bin hier aufgewachsen und kenne jeden, der irgendwann mal Landwirtschaft in Beauregard und der Umgebung betrieben hat, aber der Name sagt mir nichts.«

»Und wie heißt dieser Gast?«, fragte Hubert.

»Das weiß ich gar nicht. Aber er war ziemlich groß.« Sie hielt ihre Hand ein ordentliches Stück über ihren Kopf. »Schultern wie ein Schrank und ein kantiges Gesicht.«

»So, wie du ihn beschreibst, möchte ich lieber nicht dieser Duran sein.« Hubert lachte und lehnte sich in den Beifahrersitz. Sein Interesse an dem Fremden war aufgebraucht.

»Hat er gesagt, was er von ihm will?«, hakte Aurélie nach.

»Er behauptete, Vögel beobachten zu wollen, und er erhoffte sich ein paar Tipps, wo er seltene Exemplare finden kann.«

»Bestimmt hat er sich in der Gegend getäuscht. Hier wohnt kein Duran und hat nie einer gewohnt.« Aurélie stieg ein, schlug die Tür mit Schwung zu und fuhr davon.

»Es ist nett von ihr, dir den Anhänger zu leihen und den Kram auch noch wegzufahren«, sagte Sébastien.

»Hoffentlich kann ich mich irgendwann mal revanchieren.«

»Du kannst deinen Wein bei ihr kaufen. Er ist ziemlich gut. Mein Chef kauft bei ihr für das Château ein.«

»Dann wird das bisschen, das ich trinke, für sie keine Rolle spielen.«

»Wahrscheinlich nicht.« Er lachte und stand auf. »Jetzt wäre mir ein Glas Wasser auch deutlich lieber als Wein.«

»Ich habe ein paar Flaschen in der Küche in den Kühlschrank gestellt.« Sie sah an sich hinunter. »Waschen wäre auch nicht schlecht, bevor das Abendessen fertig ist. Du bleibst doch?«

»Wenn es keine Mühe macht, gerne.«

»Überhaupt nicht.«

Gemeinsam gingen sie zurück zum Turm, müde, aber auch zufrieden mit dem, was sie an dem Tag zustande gebracht hatten.

Der untere Rand der Sonne berührte den Horizont und der Schatten der Gebäude legte sich über den gesamten Innenhof. Charlotte schaltete die bunten Lampionketten an, die zwischen den Bäumen gespannt waren. Marguerite hatte einen langen

Tisch, der etwas abseitsstand, für das Abendessen eingedeckt. Adeline saß frisch geduscht und mit feuchtglänzenden Haaren an einem kleinen Tisch am Rand des Hofs. Voltaire, der Dobermann, dem es offensichtlich nicht klar war, dass er ein Wachhund sein sollte, lag friedlich neben ihr auf einer Decke und knabberte verspielt an einem Knochen, den Philippe ihm gegeben hatte. Der Laptop war aufgeklappt und Adeline kopierte die Aufnahmen von der Kamera auf die Festplatte. Ihre Finger klopften ungeduldig auf die Tischplatte, während sie darauf wartete, dass der Kopiervorgang endete.

»Davon geht es nicht schneller.« Ihre Anspannung war Marguerite nicht entgangen. »Die Datei ist ziemlich groß. Schließlich ist da fast ein halber Tag drauf.«

»Stimmt, es ist aber eine Zeitrafferaufnahme, mehr als ein paar Minuten wird das nicht werden. Ich bin neugierig, ob das Video so geworden ist, wie ich es geplant habe. Eine zweite Chance kommt nicht wieder. Ich kann ja schlecht das ganze Gerümpel zurückbringen, nur weil die Belichtung oder der Winkel der Kamera falsch gewählt war.«

»Komm schon, du hast die Einstellungen bestimmt mehrmals überprüft, so wie ich dich kenne. Das Video wird perfekt sein.« Marguerite klang unbekümmert. Sie hatte mehr Vertrauen in Adelines Fähigkeiten als sie selbst.

»Danke für deinen Optimismus.« Sie ließ den grünen Balken, der langsam wie eine Schnecke über den Bildschirm kroch, nicht aus den Augen.

»Ich habe eben einen Blick in den Turm reingeworfen. Alle Achtung, du und Sébastien seid heute ein ordentliches Stück vorwärtsgekommen. Es sieht zwar noch nicht wirklich wohnlich aus, aber man kann sich schon vorstellen, wie es mal aussehen könnte. Am Wochenende habe ich frei, dann kann ich beim Putzen helfen«, bot sie an, was Adeline gerne annahm. Marguerite war praktisch veranlagt und die Arbeit in der Bégude ging ihr gut von der Hand.

»Danke, dass ich eure Dusche benutzen durfte.« Sébastien trat zu ihnen. Ein Handtuch lag auf seinen Schultern und er trug ein frisches T-Shirt mit dem Logo der Käserei von Tante Simone, die sie bei ihren Kunden freigiebig verteilte. Philippe musste es ihm geliehen haben. Er kraulte Voltaire hinter den Ohren, bevor er sich zu ihnen an den Tisch setzte.

»Geht es los?« Auch er schien neugierig zu sein, sich anzuschauen, was sie heute geleistet hatten.

»Ja. Es ist so weit.« Sie zögerte kurz, dann klickte sie auf die Datei und startete das Video. Mit Spannung starrte sie auf den Monitor. Sie und Sébastien blitzten hin und wieder in der Zeitrafferaufnahme auf, während der Berg aus Gerümpel und Müll kontinuierlich abnahm, bis der Boden sichtbar wurde und Adeline die letzten Kisten hinausschleppte.

»Ich wünschte, es wäre tatsächlich so schnell gegangen«, sagte er, als das Video stoppte. »Wir haben den halben Tag geschuftet und dabei sind nur zwei oder drei Minuten Film herausgekommen.«

»Aber die haben es in sich.« Sie schaltete den Laptop aus und klappte ihn zu.

»Zufrieden?«, fragte Marguerite.

»Absolut.« Sie lehnte sich zurück und lächelte glücklich. Sie war nicht nur mit den Arbeiten am Turm ein ordentliches Stück vorwärtsgekommen, sie hatte auch ihr erstes Video als selbstständige Reporterin gedreht. Natürlich würde sie die Aufnahme nachbearbeiten müssen, aber der Grundstein war gelegt. Genau so würde sie jeden weiteren Schritt der Sanierung des Taubenturms von einer Ruine zu einem wohnlichen Zuhause und einem funktionierenden Aufnahmestudio dokumentieren.

»Vorsicht, die Schale ist heiß.« Philippe stellte eine Suppenschüssel in die Mitte des Tisches. »Gemüsesuppe. Alles aus unserem Garten.« Voltaire hob interessiert den Kopf und betrachtete das Gefäß. Es schien ihm nicht die Mühe wert zu sein, sich etwas zu erbetteln und er legte sich wieder auf die Decke.

»Ich helfe kurz beim Servieren«, sagte Marguerite und ging in die Küche.

Adeline verstaute die Kamera und den Laptop in ihrem Rucksack. An der langen Tafel in der Mitte des Innenhofs hockte der riesige Fremde, mit dem sie heute gesprochen hatte, und füllte seinen Suppenteller. Adeline hoffte, dass die Bank sein Gewicht aushalten würde. Neben ihm saß ein Mann, wahrscheinlich normal groß, der jedoch in seiner Gegenwart klein und schmächtig wirkte. Mit seinem spitz zulaufenden Kinn und der langen Nase, die er über ein Glas Wein hielt und daran schnüffelte, ähnelte seine Kontur der einer Feldmaus. Ein dritter Gast saß den beiden gegenüber, und Adeline konnte nur seinen Rücken erkennen und die perfekt rasierte Glatze, die den Schein des roten Lampions reflektierte, der über ihm hing. Er aß seine Suppe und schien den anderen keine besondere Aufmerksamkeit entgegenzubringen. Zu ihnen hatten sich Alexandre, ein Bäcker aus Beauregard, und Fabienne, eine Musikerin, die seit einigen Monaten in der Bégude wohnten, gesetzt. Marguerite brachte einen Korb mit Brot und zwei Flaschen Wein aus der Küche.

Adeline fragte sich, ob der Fremde den Mann, nach dem er sich bei ihr erkundigt hatte, ausfindig gemacht hatte. Da Aurélie und ihr Mitarbeiter ihn nicht kannten, standen die Chancen eher schlecht. Wahrscheinlich hatte er sich mit der Adresse geirrt.

Sébastien reichte ihr einen vollen Suppenteller und Marguerite stellte einen Korb mit Baguette auf den Tisch.

»Soll ich uns eine Flasche Wein holen?«, fragte Marguerite.

Sébastien winkte ab. »Danke, aber für mich nicht, ich will noch mit dem Wagen nach Hause fahren. Morgen muss ich wieder arbeiten.«

»Ich passe auch.« Adeline bewegte die Schultern, um die verspannte Muskulatur zu lockern. »Mit tut vom Schleppen jeder Muskel weh und ich bin ziemlich fertig. Wenn ich jetzt ein Glas Wein trinke, schlafe ich wahrscheinlich am Tisch ein. Außerdem muss ich morgen in aller Frühe aus dem Bett.«

»Was hast du vor?«, fragte er. »Geht es wieder an den Turm?«

»Leider nein. Ich habe Monsieur Clairon versprochen, ihn auf einer Vogelbeobachtung zu begleiten.«

Sébastien hatte sie dem Mann, der in der Seniorenresidenz wohnte, vorgestellt und war bei ihnen gewesen, als Adeline ihr

Versprechen abgegeben hatte. Etwas Besseres war ihr zu dem Zeitpunkt nicht eingefallen, um ihn dazu zu bekommen, seine Beobachtungen über die Familie Chinon mit ihr zu teilen.

»Das hört sich kaum nach einem Vergnügen an. Der Mann ist nicht gerade ein amüsanter Plauderer. Er scheint nur zwei Hobbys zu haben: Vögel beobachten und sich über irgendetwas zu beschweren, das ihm im Château missfällt. Da ich an der Rezeption arbeite, kommt er mit seinen Beschwerden meistens zu mir und hält langatmige Vorträge, wo es seiner Meinung nach im Argen liegt.«

Adeline nickte zustimmend. »Er ist bestimmt kein einfacher Mensch, aber seine Vorliebe für Ordnung und Regeln hat mir einen wichtigen Hinweis geliefert, als die Polizei mich verdächtigte, etwas mit dem Mord an Fréderic Chinon zu tun zu haben. Daher verzeihe ich ihm gerne seine Macken und begleite ihn morgen früh.«

»Was bedeutet früh?« Marguerite sah sie neugierig, aber auch mit einem Hauch von Mitleid an.

»Zum Sonnenaufgang wollen wir am Fluss sein. Also muss ich spätestens um fünf abmarschbereit vor der Bégude auf ihn warten.« Sie riss ein Stück Baguette ab und tauchte es in die Suppe, bevor sie es aß. »Heute übernachte ich zu Hause, um die Kameraausrüstung einzupacken, die ich brauchen werde.«

»Oh mein Gott«, flüsterte ihre Freundin. »Und das alles nur, um ein paar Vögeln aufzulauern? Kann man nicht irgendwo so eine Wildtierkamera aufstellen und die Aufnahmen später in Ruhe betrachten?«

»Leider nicht, aber ich hoffe, ein Artikel oder einige passable Fotos springen für mich raus. Ich fange gerade erst mit dem Job als Reporterin an und kann es mir nicht erlauben, wählerisch zu sein.«

»Mich würde um die Uhrzeit nichts aus den Federn bekommen.« Marguerite schüttelte energisch den Kopf. »Um zehn Uhr die Bibliothek aufschließen zu müssen, reicht mir völlig.«

»Ich nehme mir eine Thermoskanne mit Kaffee mit. Extra stark, damit ich die Augen aufhalten kann. Gestern ist die

Kaffeemaschine geliefert worden, dann kann ich mir auch hier einen kochen und muss nicht jedes Mal in Charlottes Küche laufen.«

Der Kurierfahrer würde in nächster Zeit einiges abliefern, das sie bestellt hatte, um den Turm wohnlich zu machen.

»Kommst du danach wieder her?« Marguerite legte den Löffel in den leeren Suppenteller und wischte sich den Mund ab.

»Später am Nachmittag. Zuerst bin ich im Café Fleur eingeplant. Bis ich genug mit meinen Artikeln verdiene, brauche ich die Stelle bei Carmen, um zu überleben. Außerdem macht es mir Spaß und ich bekomme alles mit, was in Beauregard vor sich geht.«

Der Fremde stand auf und nahm seinen Rucksack. Mit einem knappen Nicken verabschiedete er sich von seinen Tischnachbarn und ging in Richtung des Tors.

»Hatten Sie Glück und haben den Bauernhof Ihres Freundes gefunden?«, fragte Adeline, als er an ihrem Tisch vorbeiging.

»Freund?«, erwiderte er und zog die Stirn in Falten.

»Sie sagten doch, Sie suchen einen Charles Duran.«

»Ach ja. Wie gesagt, das ist kein Bekannter von mir. Jemand mit dem Namen hat behauptet, dass in der Nähe seines Bauernhofs einige seltene Vögel nisten, und ich wollte es mir ansehen. Aber nein, ich habe ihn nicht gefunden. Bestimmt habe ich mich bei dem Namen oder dem Ort getäuscht.«

»Ich habe mich bei Aurélie Benoît erkundigt, deren Weingut dort liegt. Hier in der Gegend gibt es niemanden, der Duran heißt.«

»Du hast jemanden gefragt?«, erwiderte er ärgerlich.

»Ich wollte nur helfen.«

»Ich brauche kein vorlautes Kind, das sich in meine Angelegenheiten einmischt«, fuhr der Mann sie an.

»Aber ...«, stammelte Adeline eingeschüchtert.

»Seien Sie nicht so unhöflich«, wies ihn Sébastien zurecht.

»Halt du auch deine Nase raus.« Der Mann verzog abschätzig die Mundwinkel, dann drehte er sich um und marschierte durch das Tor aus der Bégude hinaus.

»Der Kerl hat mich doch gefragt«, stammelte Adeline irritiert.

»Er war schlecht drauf. Irgendwas muss den Grobian geärgert haben. Vergiss ihn am besten«, sagte Marguerite.

Die beiden Gäste, die am Tisch saßen, hatten den Wortwechsel mitbekommen und warfen ihr verstohlene Blicke zu. Adeline fragte sich, ob sie sich kannten oder sich zufällig in der Bégude einquartiert hatten. Sie nahm sich vor, Charlotte zu fragen.

»Ich fahre jetzt nach Hause«, entschied sie. »Ich bin müde und die Nacht wird kurz.«

»Bleib doch hier. Wir haben ein freies Zimmer, das du während der Renovierung benutzen kannst. Nichts Schickes, aber es reicht«, bot Marguerite an.

»Das ist lieb von dir. Bis Ende der Woche sind meine Eltern noch in Urlaub. Ich muss auf das Haus aufpassen und die Pflanzen gießen, ansonsten vertrocknen sie bei der Hitze. Es hat seit einer ganzen Weile nicht mehr geregnet. Danach wohne ich gerne hier.«

Vor allem muss ich meiner Familie erklären, wieso ich meine Pläne zu studieren aufgegeben habe und stattdessen in einen heruntergekommenen Taubenturm in der Bégude ziehen will.

Sie hatte es am Telefon ihrem Vater angedeutet, der verständnisvoller reagiert hatte, als sie erwartet hatte. Ihre Mutter würde es schwerer nehmen. Bis sie zurückkamen, musste der Turm halbwegs vorzeigbar aussehen, sonst würde sie alle Register ziehen, sie zu überreden, zu Hause wohnen zu bleiben, was sie auf keinen Fall tun würde. Adeline stand auf und nahm ihren Rucksack.

»Sei besser pünktlich, Monsieur Clairon legt Wert darauf.«

»Das glaube ich gerne, aber wir werden schon miteinander klarkommen. Ich bin ein netter Mensch und jeder kommt gut mit mir aus.« *Bis auf den verärgerten Kerl von eben jedenfalls.*

Adeline holte ihren Helm und eine leichte Jacke aus der Küche der Bégude. Als sie zurückkam, waren die beiden anderen Gäste ebenfalls gegangen. Sébastien begleitete sie zu ihrer Vespa, die neben dem Turm stand. Im Dämmerlicht des Abends sah ihr neues Zuhause trotz der Arbeit eines ganzen Tages unverändert aus.

»Noch ist nicht viel zu sehen«, sagte sie zu ihm.

»Von außen nicht, aber drinnen schon. Und es sind doch die inneren Werte, die zählen, oder?« Er lächelte sie aufmunternd an. »Es wird nicht lange dauern, bis dein neues Zuhause wohnlich sein wird. Ich freue mich auf die Einzugsfeier.«

»Oh. Eine Party.« Daran hatte sie bisher keinen Gedanken verschwendet. »Da muss ich drüber nachdenken.« Sie gehörte nicht gerade zu den Feierlustigen von Beauregard, und die Vorstellung, einen Haufen Leute in ihr frisch renoviertes Heim einzuladen, entfachte wenig Begeisterung in ihr. »Vielleicht koche ich was für meine Freunde.«

»Gehöre ich denn dazu?«

»Das dachte ich jedenfalls«, erwiderte sie leise.

Er beugte sich vor und küsste sie sanft auf die Wange. »Dann komme ich gerne.«

»Gut«, nuschelte Adeline und stieg rasch auf den Motorroller, bevor er sah, wie ihr das Blut ins Gesicht geschossen war. »Fahr vorsichtig«, ermahnte sie ihn, startete den Motor und fuhr los. Es glich eher einer Flucht als einem Abschied unter Freunden. Sie wusste nicht, wie sie mit ihren Gefühlen für ihn umgehen sollte. Letzte Woche war es einfacher gewesen; sie wollte Beauregard verlassen, um zu studieren, und hatte keinen Bedarf für eine Beziehung. Jetzt hatte sie sich entschieden, zu bleiben, und das veränderte vieles.

Hinter dem Tor bog sie auf den Feldweg ein. Im Licht der Vespa tauchten zwei Gestalten auf, die auf dem Feld zwischen den Olivenbäumen standen. Der Riese hielt die Arme vor der Brust verschränkt, während der ältere Mann mit der Glatze auf ihn einzureden schien. *Mindestens die beiden kennen sich demnach. Sieht aus, als würden sie sich streiten.*

Einen Augenblick später fuhr sie an ihnen vorbei auf die Hauptstraße, die nach Hause führte.

Von schrägen Vögeln

Von der Sonne würde noch eine Weile nichts zu sehen sein, doch der Himmel verfärbte sich bereits in ein zartes Rosa, als Adeline mit dem Motorroller durch das Tor der Bégude fuhr. Vor dem Turm stellte sie die Vespa ab, nahm ihren Rucksack und ging zum Tor, um auf Monsieur Clairon zu warten, mit dem sie sich hier verabredet hatte. Der Kaffee, den sie aus der schmalen Thermoskanne in den Becher schüttete, dampfte in der kühlen Morgenluft und sie gähnte ausgiebig. Erst nachdem sie gestern Abend ihre Ausrüstung für den Tag zusammengestellt hatte, war sie zu Bett gegangen, dementsprechend wenig hatte sie geschlafen. Adeline hoffte, dass ihr beim Warten in irgendeinem Versteck nicht die Augen zufielen. Monsieur Clairon nahm die Vogelbeobachtung ausgesprochen ernst und er erwartete das bestimmt auch von ihr. Humor war nicht gerade seine Stärke.

Ein grauer Peugeot, der aussah, als wäre er nicht in diesem Jahrtausend gebaut worden, bog von der Hauptstraße ab und fuhr auf den Parkplatz vor der Bégude. Adeline trank den Rest des Kaffees, schüttelte die letzten Tropfen aus dem Becher und schraubte ihn wieder auf die Thermoskanne, bevor sie sie in den Rucksack packte. Monsieur Clairon stieg aus und holte eine lederne Umhängetasche aus dem Kofferraum. Sein kariertes Hemd war wie gewöhnlich bis zum obersten Knopf geschlossen, die Bügelfalte seiner Hose saß akkurat und der breitrandige Hut mit militärischem Tarnmuster hing an einer Schlaufe den Rücken hinunter. Den Wanderschuhen nach, schien er einen längeren Marsch zu planen.

»Sie sind pünktlich. Wie angenehm«, begrüßte er Adeline und musterte sie eingehend. Jeans, Turnschuhe und ein dunkles T-Shirt hatte sie als passend angesehen. Schließlich nickte er zögerlich. Nicht perfekt, aber ausreichend.

Ob er mich in Highheels erwartet hat?

»Haben Sie genügend Wasser eingepackt? Es soll wieder sehr warm werden. Wir wollen doch nicht dehydrieren.«

Adeline klopfte auf den Daypack, der über ihrer Schulter hing. »Zwei Flaschen und eine Thermoskanne mit Kaffee.«

»Koffein werden Sie kaum brauchen. Die Spannung, welche seltenen Exemplare unserer gefiederten Freunde wir heute entdecken werden, hält den Adrenalinspiegel hoch. Da ist Müdigkeit nicht zu erwarten.«

Adeline unterdrückte den Reflex, die Augen zu verdrehen, und nickte stattdessen zustimmend. »Ich bin gespannt wie eine Feder«, sagte sie, doch das Wortspiel tropfte unbemerkt an ihm ab. »Bestimmt kenne ich die meisten überhaupt nicht.«

»Dafür bin ich ja dabei«, erwiderte er und richtete sich leicht auf. »Die Vögel in dieser Region sind mir wohlbekannt.«

»In der Bégude ist ebenfalls ein Ornithologe abgestiegen.« Adeline war der grobschlächtige Mann in den Sinn gekommen. Ihn mit dem eher hageren Monsieur Clairon auf einer gemeinsamen Expedition zu sehen, war außerhalb ihrer Vorstellungskraft.

»Ach ja?«

»Er ist auf der Suche nach Raubvögeln, insbesondere Geiern.«

»Geier? Das hat er behauptet?« Seine Brauen schoben sich leicht in die Höhe.

»Ja. Daran kann ich mich bestens erinnern.« Allerdings hatte er die Aasfresser nur kurz erwähnt. Vielleicht war es auch ein Scherz gewesen, obwohl sie ihm Humor kaum zutraute, so wie er sich ihr gegenüber benommen hatte.

»Dann wünsche ich ihm viel Glück dabei.« Monsieur Clairon schüttelt den Kopf.

Bevor Adeline nachfragen konnte, drehte er sich um und zeigte auf den Feldweg, der an einer halbverfallenen Kirche, deren Mauerwerk auf einer Seite von Balken abgestützt wurde, um sie vor dem Einsturz zu bewahren, vorbei in den Wald führte.

»Dort müssen wir entlang.« Ohne ein weiteres Wort marschierte er los, in einem Tempo, dass Adeline sich anstrengen musste, mit dem älteren Mann aus der Seniorenresidenz mitzuhalten. Bald bogen sie auf einen Weg ab, der von Feldern mit Olivenbäumen und halbhohen Steinmauern gesäumt wurde. Am Wegrand tauchten efeubedeckte Ruinen der römischen Wasserleitung auf, die in gerader Linie zum Pont du Gard führte. Adeline kannte die Strecke, da sie den Weg benutzte, um zu ihrer Lieblingsbadestelle an der Gardon zu kommen. Von der Bégude war es kaum mehr als eine halbe Stunde zu Fuß bis zum Fluss. Auf ihrer rechten Seite lagen die ausgedehnten Felder des Weinguts. In kerzengerader Linie führten die Rebstöcke auf das Château Benoît zu. Um genau zu sein, handelte es sich eher um ein altes Manoir, einen Gutshof, auch wenn zwei runde Türme mit spitzen Dächern an das Hauptgebäude angebaut waren. Aber auf dem Etikett der Flaschen machte sich die Bezeichnung *Château* deutlich besser. Kurz darauf begann der steile Abstieg zum Fluss, der sich in die Kalksteinfelsen eingeschnitten hatte. Kahle Klippen ragten aus dem Buschwerk heraus und grobes Geröll bedeckte den schmalen Pfad, der ins Tal der Gardon führte.

Monsieur Clairon blieb abrupt stehen. Fast wäre sie gegen ihn gestoßen.

»Was ist?«, flüsterte Adeline und trat dichter zu ihm. »Ein seltener Vogel?«

»Nein.« Er zeigte nach rechts. Irgendetwas lag am Fuß einer Klippe zwischen zwei Büschen. »Sieht nicht so aus«, murmelte er und nahm das Fernglas, das an einem Riemen um seinen Hals hing. Monsieur Clairon beugte sich vor und erstarrte in der Bewegung.

»Was ist?«, drängte Adeline.

»Bleiben Sie hier!«, forderte er sie auf und ließ das Fernglas sinken. »Ich schaue nach.«

Willst du eine Journalistin werden oder hier brav warten? Rasch lief sie hinter dem Mann her. *Wahrscheinlich handelt es sich nur um Müll, den hier jemand illegal entsorgt hat.* Einige Schritte weiter erkannte sie, dass sie mit ihrer Vermutung falschlag. Ein Arm schaute zwischen zwei blühenden Ginsterbüschen hervor. Die Haut an den Knöcheln war aufgeschrammt und blutig.

»Da liegt jemand, bestimmt braucht er Hilfe.« Sie drängte sich an Monsieur Clairon vorbei und lief voran. Sobald sie die Büsche erreicht hatte, hielt sie abrupt an. Vor ihr lag ein Mann mit dem Gesicht nach unten. Trotzdem erkannte sie ihn augenblicklich, es war der Fremde aus der Bégude. Blut hatte den Boden rund um seinen Kopf dunkel eingefärbt und Fliegen krochen über eine blutverkrustete Wunde am Hinterkopf. Er trug noch die gleiche Kleidung wie gestern Abend, als er die Bégude verlassen hatte. Sie kniete sich neben ihn und legte ihren Zeigefinger auf seinen Hals. Die Haut war kalt und einen Puls konnte sie nicht spüren. Adeline sah zu ihrem Begleiter auf.

»Er ist tot.«

»Sind Sie sicher?« Monsieur Clairon war kreidebleich und trat einen Schritt von der Leiche zurück.

»Absolut.« Sie hatte letztens einen freiwilligen Erste-Hilfe-Kurs für ihren Führerschein belegt und dort geübt, einen Puls zu finden. »Bleiben Sie weg, sonst treten Sie vielleicht noch auf Spuren.«

Sie erinnerte sich an die Polizisten in den Krimis, die sie reihenweise verschlang, die allergisch darauf reagierten, wenn der Tatort von Schaulustigen betreten wurde. Zu leicht konnten Beweise vernichtet oder unbrauchbar gemacht werden. Sie stand auf und sah sich um. Über ihnen ragte eine Klippe vier, vielleicht fünf Meter in die Höhe.

»Von dort muss er gestürzt sein, der arme Kerl«, sagte Monsieur Clairon. »Und dann ist er hier unten auf die Felsen geschlagen. Bestimmt war er sofort tot.« Es klang mehr wie eine Hoffnung, als eine Überzeugung.

Oder er wurde geschubst, schoss es Adeline durch den Kopf. Sie sah auf und ihr Blick suchte die Umgebung ab. *Der Mann ist vor Stunden gestorben, wahrscheinlich bereits gestern Abend. Sollte er tatsächlich gestoßen worden sein, ist derjenige auf keinen Fall mehr hier.* Was hatte ihn dazu gebracht, im Dunkeln auf diese Klippe zu steigen?

»Bestimmt war es so«, stimmte sie ihrem Begleiter halbherzig zu. »Wir müssen die Polizei informieren.«

»Das mache ich sofort.« Monsieur Clairon kehrte auf den Weg zurück, zog sein Handy aus dem Rucksack und wählte die Nummer der Polizeistation von Beauregard. Adeline schaute auf die Leiche, dann holte sie die Kamera heraus und schoss einige Fotos von dem Fremden und dem Tatort. *Die kann ich Mathieu Passard geben. Der Polizeichef besitzt kein Auge für Details. Bestimmt macht er nur ein paar Schnappschüsse mit seiner Handykamera.*

Sie sah sich genauer um. Zwischen den Büschen lag die Kamera, die er gestern dabeigehabt hatte. Es handelte sich um eine Nikon-Digitalkamera, ein neues und sehr teures Model. Das Glas des Teleobjektivs war zersprungen und die Klappe des Batteriefachs stand offen. Sonst konnte sie von seiner Ausrüstung nichts entdecken. Sein Rucksack musste demnach noch oben auf der Klippe liegen. Oder jemand hatte ihn mitgenommen.

Sie schoss ein Foto von der Kamera, dann ging sie zurück zum Weg und setzte sich neben Monsieur Clairon auf einen Felsen.

»Die Polizei und ein Rettungswagen sind unterwegs, aber es wird eine Weile dauern, bis sie hier sind.«

»Der Mann hat es nicht mehr eilig«, erwiderte Adeline.

Monsieur Clairon packte sein Fernglas in seine Umhängetasche. »Unsere Exkursion ist wohl vorbei. Die Polizisten werden beim Bergen der Leiche bestimmt so viel Krach veranstalten, dass alle Vögel das Weite suchen. Tut mir leid für Sie, es hätte ein lehrreicher Ausflug werden können.«

»Mir ebenfalls«, stimmte Adeline ihm zu, auch wenn sie seine Überzeugung nicht teilte. Für eine angehende Journalistin war das Auffinden eines Toten deutlich spannender, als einen Vogel zu beobachten, der auf einem Ast saß und vor sich hin zwitscherte. Sie zeigte auf die Leiche. »Ihm wäre es sicher auch lieber gewesen, nicht hier zu liegen.«

»Das ist anzunehmen«, erwiderte Monsieur Clairon und zog einen Skizzenblock heraus.

»Was haben Sie vor?«, fragte Adeline erstaunt.

»Wenn ich schon keine Vögel beobachte, kann ich wenigstens eine Skizze von dem Mann anfertigen. Zeichnen ist eine Kunstfertigkeit, für die man Übung braucht. Vielleicht kann der Polizeichef sie gebrauchen.«

»Möglicherweise«, erwiderte sie mit wenig Überzeugung.

Adeline holte die Thermoskanne heraus und goss sich einen Kaffee ein. Bis die Polizei eintraf, würde mindestens eine halbe Stunde vergehen. Bis zur Bégude oder zum Weingut Benoît konnten sie mit dem Wagen fahren, auf dem letzten Stück blieb ihnen keine Wahl, als zu Fuß weiterzugehen.

Jean-Luc Avent, der Garde champêtre, der Feldhüter von Beauregard, traf als Erster bei ihnen ein.

»Du hast die Leiche gefunden?«, fragte er Adeline und lehnte sein Fahrrad gegen einen Baumstamm.

»Eigentlich war es Monsieur Clairon, der den Toten entdeckt hat. Ich habe ihn nur begleitet.«

Jean-Luc warf dem Mann einen musternden Blick zu. »Aus welchem Grund hast du ihn begleitet?«, fragte er misstrauisch. Monsieur Clairon mit dem zugeknöpften Hemd und der scharfen Bügelfalte schien dem Feldhüter, dessen Uniform an einigen Stellen repariert war und schon seit einer Weile kein Bügeleisen mehr gesehen hatte, suspekt zu sein.

»Mademoiselle Fréchet hat mich begleitet, um Vögel zu beobachten«, klärte Monsieur Clairon ihn auf.

»Vögel beobachten«, wiederholte er gedehnt und warf Adeline erneut einen skeptischen Blick zu. »Das soll ja heutzutage unter jungen Frauen ausgesprochen beliebt sein.«

»Was wollen Sie mir unterstellen?«, erwiderte Monsieur Clairon aufgebracht.

»Jean-Luc, lass den Unsinn, ich bereite einen Artikel über Ornithologie und seltene Tiere in unserer Gegend vor. Du weißt, dass ich Reporterin werden will.« Sie kannte den Mann gut genug, um derart direkt mit ihm zu sprechen. Immerhin brachte sie dem Feldhüter mehrmals die Woche sein Frühstück im Café Fleur und plauderte mit ihm, falls ihre Zeit es zuließ.

»Ja. Ich habe gehört, dass du in der Bégude eingezogen bist und den alten Turm renovierst. Eine Heidenarbeit, würde ich mal sagen.«

»Stimmt. Da kommt mein Studio rein.«

»Dann hast du ja einiges zu berichten.« Er deutete mit dem Daumen über seine Schulter zu dem Toten hin. »Das hier schafft es auf jeden Fall in die Zeitung. Ist schon lange niemand mehr vom Weg abgekommen und so unglücklich gestürzt, dass er daran gestorben ist.«

»Da kommen die anderen«, sagte sie, ohne auf seine Vermutung einzugehen, und stand auf. Mathieu Passard, der Chef der Police municipale von Beauregard, kam den Weg herunter, gefolgt von zwei Rettungssanitätern. Der Bauch des Mannes ragte eine Handbreit über den Gürtel der Hose und rote Flecken sprenkelten seine Wangen. Zum Glück gab es keine Fitnesstests, die er bei der Police municipale zu bestehen hatte. Die beiden schmächtigen Sanitäter taten ihr leid. Den Leichnam des bulligen Mannes bis zu ihrem Wagen zurückschleppen zu müssen, würde Schwerstarbeit werden.

»Du schon wieder?«, waren seine ersten Worte an Adeline. Die Mordermittlungen im Château de Beauregard, in denen sie für eine Weile zu den Verdächtigen gezählt worden war, lagen kaum eine Woche zurück. »Wir haben in diesem Jahr zwei Tote und du steckst jedes Mal mittendrin.«

»Reiner Zufall«, erwiderte sie. »Wir sind sozusagen über die Leiche gestolpert.«

»Das ist so nicht ganz akkurat beschrieben«, unterbrach Monsieur Clairon sie. »Ich habe etwas Untypisches zwischen den Büschen bemerkt. Als wir nachgesehen haben, um was es sich handelte, stießen wir auf die Leiche dieses Mannes. Er muss von der Klippe gestürzt und mit dem Kopf auf die Felsen geprallt sein.«

»Oder er wurde gestoßen«, warf Adeline ein.

»Gestoßen«, wiederholte der Chef de Police ungläubig. »Wer sollte den Mann denn stoßen? Hast du jemanden gesehen, der sich verdächtig benommen hat?«

»Nein. Das nicht. Aber ...«

»Dir geht die Phantasie durch. Lass das besser unsere Sache sein. Wir sind schließlich die Profis.«

Sie setzte zu einer Antwort an, doch der Polizeichef drehte sich um und ging zur Leiche des Mannes. Neben ihm blieb er stehen, zog sein Handy aus der Hosentasche und schoss mehrere Fotos, wie Adeline vermutet hatte. Die beiden Sanitäter folgten ihm zu der Leiche. Sie würden auch nur den Tod feststellen können, um ihn dann zurück zu ihrem Rettungswagen zu schleppen.

»Was ist mit uns? Werden wir befragt oder steht es uns frei, zu gehen? Ich möchte meinen Tag nicht hier verschwenden«, wandte sich Monsieur Clairon an den Feldhüter, der unbeeindruckt von der Ankunft seines Vorgesetzten auf dem Fels neben Adeline saß und sich eine Zigarette drehte.

»Brauchen wir die beiden noch?«, rief er in Richtung des Polizeichefs.

»Nein. Die können gehen. Sonst stehen sie uns nur im Weg rum.«

Er wandte sich an Adeline. »Du hast es gehört. Wir schaffen das hier allein.«

»Wollt ihr keine Aussage von uns?«, fragte sie ungläubig.

»Nicht nötig. Du hast Mathieu verstanden, er hat alles im Griff. Hier stört ihr nur. Außerdem ist so ein Toter kein Anblick für ein junges Mädchen.«

»Dann machen wir uns auf den Weg.« Sie fasste ihren Rucksack und setzte ihn auf. Wenn die beiden Polizisten glaubten, alles im Griff zu haben und auf ihre Hilfe verzichten zu können, würde sie ihnen nicht auf die Nase binden, dass sie den Mann kannte und identifizieren konnte. Jedenfalls konnte Charlotte das, denn er musste eine Anmeldung in der Bégude ausgefüllt haben.

Gemeinsam mit Monsieur Clairon begab sie sich auf den Rückweg.

Das Geräusch eines Fahrzeugs näherte sich und kurz darauf tauchte vor ihnen ein Quad auf, das einen schmalen, aber bestimmt zwei Meter langen Anhänger zog. Hubert, der Angestellte von Aurélie, winkte und hielt neben Adeline.

»Bin ich auf dem richtigen Weg?«

»Wenn Sie zu Mathieu Passard und der Leiche wollen, dann ja.«

Der Mann deutete auf den Anhänger. »Den benutzen wir zwischen den Weinstöcken, falls es etwas zu transportieren gibt, damit sollte ich es problemlos bis zur Unfallstelle schaffen.«

»Die beiden Sanitäter werden sich freuen, den Toten nicht bis zum Rettungswagen schleppen zu müssen.«

»Das dachte ich mir auch«, sagte er und lächelte breit. »Weiß man schon, wer abgestürzt ist? Hoffentlich niemand, den ich kenne.«

»Nein. Es war der Mann, der sich bei mir gestern Morgen nach dem Bauernhof erkundigt hatte. Ein bulliger Kerl. Keine Ahnung, was ihn dazu getrieben hat, in der Nacht hier herumzuklettern.«

»In der Nacht? Ich dachte, es wäre heute Morgen passiert.«

»Er hat gestern Abend die Bégude verlassen und muss hierher gegangen sein.«

»Merkwürdig.« Das Lächeln des Mannes verschwand und er rieb sich nachdenklich den Nacken. »Was für Vögel kann man um diese Uhrzeit entdecken?«

»Keine«, kommentierte Monsieur Clairon. »Wenn er unterwegs war, dann sicherlich nicht, um Vögel zu beobachten.«

»Nun, da können wir nur raten. Der Kerl wird es uns nicht mehr sagen können.«

»Vielleicht einer seiner Bekannten«, sagte Adeline. Sie würde sich bei den beiden anderen Gästen erkundigen. Möglicherweise hatte er beim Abendessen angedeutet, was er vorhatte. Oder während des Streits vor der Bégude, den sie beobachtet hatte.

»Er ist in Begleitung?«, fragte Hubert.

»Jedenfalls saß er gestern Abend mit zwei anderen Gästen der Bégude beim Essen.«

»Zum Glück ist das nicht meine Angelegenheit. Darum muss sich der Polizeichef kümmern.« Er sah auf die Armbanduhr. »Jetzt sollte ich mich besser beeilen, es wartet noch ein Haufen Arbeit auf den Feldern.«

»Wir sehen uns heute Nachmittag?«, fragte Adeline.

»Klar. Ich komme mit dem Traktor und wir fahren das Zeug auf die Müllkippe. Das sollte flott gehen.«

Hubert nickte ihnen zu und fuhr los. Der Anhänger hüpfte über das Geröll hinter dem Quad her und Staubwolken flogen auf. Kurz darauf verschwand er zwischen den Büschen.

»Der Tote hat hier gewohnt?«, fragte Monsieur Clairon, als sie den Eingang zur Bégude erreichten.

»Ja. Aber ich weiß nichts von ihm, außer seiner Absicht, Vögel zu beobachten.«

»Ein typischer Anhänger der Ornithologie scheint er mir nicht gewesen zu sein.«

»Wie kommen Sie darauf?«

»Die Schuhe, die er trug, sind nicht geeignet, längere Zeit in unzugänglichem Gelände zu marschieren. Der Mann schien eher ein Städter zu sein. Auch die Geschichte mit den Geiern kommt mir merkwürdig vor.«

»Wieso? Gibt es hier keine?« Die letzte Bemerkung hatte Adelines Neugier angefacht.

»Nicht, dass ich wüsste, und ich würde behaupten, mich in der Umgebung bestens auszukennen. Wer Geier beobachten will, fährt weiter nach Westen bis zur Schlucht der Jorge, dort haben sie Lämmergeier angesiedelt, die sich prächtig vermehrt haben. Sie nisten in den steilen Klippen der Schlucht. Derart ideale Bedingungen finden sie hier nicht.«

»Das ist wirklich merkwürdig.« Der Verhalten des Fremden erschien Adeline immer verdächtiger. Auf Monsieur Clairons

Meinung vertraute sie, also war die Rolle des Vogelbeobachters nur eine Fassade, die es dem Mann erlaubt hatte, durch die Umgebung zu streifen, ohne Aufsehen oder Misstrauen zu erregen. Was mochte er in Beauregard tatsächlich gesucht haben? Noch fiel ihr dazu keine Antwort ein. Aber sie war wild entschlossen, das zu ändern.

»Vielleicht können wir unseren Ausflug einmal wiederholen«, sagte Clairon und sah sie erwartungsvoll an.

»Selbstverständlich«, erwiderte Adeline und tippte auf die Kamera. »Mir fehlen noch ein paar gute Aufnahmen für einen Artikel.«

»Es würde mich freuen.« Monsieur Clairon nickte ihr wohlwollend zum Abschied zu und stieg in seinen Wagen.

Im Innenhof kam ihr Rose entgegen, die einen Stapel Handtücher trug. Die ältere Frau half seit mehreren Jahren in der Bégude aus, putzte die Gästezimmer, bereitete das Frühstück vor und unterstützte Charlotte, wo sie konnte, besonders jetzt am Ende ihrer Schwangerschaft.

»Bonjour, Adeline«, begrüßte Rose sie. »Geht es wieder an die Arbeit im Turm?«

»Bonjour. Erst mal nicht. Ich war mit Monsieur Clairon aus der Residenz unterwegs und nachher muss ich ins Café Fleur. Meine Schicht fängt um 10 Uhr an.«

»Du bist fleißig und wirst es weit bringen.« Bestätigend nickte die Frau.

»Danke. Was hast du vor?«

»Ich lege frische Handtücher in die Gästezimmer, danach muss ich mich sputen, die Einkäufe zu erledigen.«

»Gib sie mir, ich mache das für dich«, bot Adeline an und streckte die Arme aus.

»Das ist wirklich lieb von dir, aber nicht notwendig«, wehrte sie halbherzig ab.

»Kein Problem, ich habe genug Zeit und bin froh, helfen zu können. Schließlich gehöre ich quasi schon zu den Bewohnern der Bégude, auch wenn ich noch nicht richtig eingezogen bin.«

»Na, wenn das so ist.« Sie reichte ihr die Handtücher und den Generalschlüssel für die Gästezimmer. »Leg ihn zurück in Charlottes Schreibtisch. Die Schublade ist offen.«

»Mache ich.«

Rose strich mit den Händen ihr buntgeblümtes Kleid glatt und lächelte Adeline zu. »Du passt gut hierher. Alle freuen sich schon auf dich.«

»Das ist lieb von dir«, erwiderte sie. Gelobt zu werden, machte sie stets leicht verlegen.

»Dann mache ich mich auf den Weg. Der Supermarkt öffnet bald«, verabschiedete Rose sich.

Adeline stieg die Außentreppe hinauf, die ins Obergeschoss des Haupthauses führte. Dort lagen die Gästezimmer, die bereits renoviert waren. Sie klopfte am ersten Zimmer und der Mann mit dem spitzen Gesicht öffnete die Tür. Er trug verschwitzte Sportkleidung und ein paar staubige Joggingschuhe. Seine Wangen leuchteten rot und Haare klebten an seiner Stirn.

»Frische Handtücher.« Sie reichte ihm zwei.

»Vielen Dank, sehr freundlich von Ihnen. Die kommen mir gerade recht.«

»Sie waren joggen?«

»Nur eine kleine Runde. Sie arbeiten hier?« Der Mann klang sympathisch und schien kein Morgenmuffel zu sein. »Jules Boudan«, stellte er sich vor, verzichtete aber darauf, ihr die schweißnasse Hand zu reichen.

»Ich helfe nur manchmal aus.«

»Habe ich Sie nicht gestern beim Abendessen gesehen?«

»Ja. Ich esse gerne hier, Philippe ist ein begnadeter Koch. Sie saßen bei Ihren Freunden?«

»Freunde? Eher nicht. Zufallsbekanntschaften trifft es besser. Ich habe die beiden erst hier getroffen und am Tisch etwas über Fußball geschwatzt. Über irgendetwas muss man ja reden.«

»Ich dachte, Sie würden sich schon länger kennen.«

»Nein.« Er schüttelte den Kopf. »Sonst hätten wir interessantere Themen als Sport«, scherzte er.

»Ich mache dann mal weiter«, verabschiedete sie sich.

»Bestimmt sieht man sich wieder.«

»Wahrscheinlich. Die Bégude ist ja nicht sonderlich groß.«

Sie hörte die Tür ins Schloss fallen, bevor sie am Nachbarzimmer anklopfte.

»Ja?«, rief jemand von innen.

»Frische Handtücher.«

»Legen Sie sie vor die Tür, ich hole sie dann.«

Sie zögerte, die sauberen Handtücher auf den Boden zu legen und sah sich um. Gegenüber stand ein antiker Stuhl mit Brokatüberzug, den Charlotte als Dekoration in den Flur gestellt hatte. Sie schob ihn neben die Zimmertür und legte zwei Handtücher darauf, bevor sie zum nächsten Zimmer ging. *Dann muss der Tote hier gewohnt haben.* Sie wusste, niemand würde sie hereinbitten, trotzdem klopfte sie an Tür. Nichts regte sich und Adeline schloss auf.

»Hallo«, rief sie, auch wenn sie mit keiner Antwort rechnete. Sie wollte sich verhalten, wie es von einer Angestellten erwartet wurde, ohne Misstrauen zu erwecken. Der erste Gast hatte zwar behauptet, den Toten nur flüchtig zu kennen, doch woher sollte sie wissen, ob er sie nicht anlog?

Das Bett war unberührt und Adeline legte die Handtücher auf das Fußende. Demnach lag sie mit ihrer Vermutung, dass der Mann bereits gestern Abend oder während der Nacht von der Klippe gestürzt sein musste, richtig. In sein Zimmer war er auf jeden Fall nicht zurückgekehrt. Ein schwarzer Schalenkoffer stand an der Wand. Sie wollte einen Blick hineinwerfen, doch er war abgeschlossen. Die Kleider waren in den Schrank einsortiert, drei unifarbene Hemden hingen auf Bügeln, Unterwäsche und zwei gefaltete Hosen lagen in den Fächern. Nichts Auffälliges.

Sie zog die Schublade des Nachttischs auf. Neben einer Bibel, die Rose hier deponiert haben musste, lag eine Rechnung und die Bedienungsanleitung der Kamera. Dem Datum der Rechnung nach wurde sie erst vor einer Woche gekauft, und er hatte eine Stange Geld dafür bezahlt. Auf der Rückseite der Anleitung klebte ein QR-Code und eine handschriftliche Kombination von Buchstaben und Zahlen war daneben gekritzelt. Wahrscheinlich ein Passwort. Es handelte sich um eine moderne Kamera, die die Daten direkt in einen Cloudspeicher laden konnte, sobald eine Internetverbindung bestand. Adeline holte ihr Handy aus der hinteren Hosentasche und fotografierte beides ab. Vielleicht konnte es nützlich werden. Danach schloss sie die Schublade wieder. Niemand sollte wissen, dass sie das Zimmers durchsucht hatte.

Auf dem zweiten Nachttisch lag ein Vogelbestimmungsbuch im Taschenformat. Es sah druckfrisch aus und der Buchrücken zeigte keinerlei Knickstellen. Der Mann konnte demnach noch nicht viel darin gelesen haben. Monsieur Clairons Einschätzung schien zu stimmen. Ihre Lieblingsbücher sahen deutlich abgenutzter aus.

Die restlichen Schubladen waren leer. Zu gerne hätte sie seinen Ausweis oder wenigstens den Führerschein gefunden. Sie wusste nicht einmal, wie der Tote hieß. Sobald Charlotte zurückkam, würde sie sie fragen. Er musste beim Reservieren oder Einchecken eine Anmeldung ausgefüllt haben. Sie warf einen Blick auf die kleine Dachterrasse. Bis auf den vollen Aschenbecher hatte er keine Spuren hinterlassen. Hier würde sie nichts mehr finden. Leise zog sie die Tür hinter sich zu und schloss ab.

In dem kleinen Vorraum, den Charlotte als Rezeption bezeichnete, stand ein Schreibtisch mit dem Computer, den sie für die Pension nutzte. Adeline zog die oberste Schublade auf und legte den Generalschlüssel hinein. Das Gästebuch lag vor ihr. Ein Blick konnte nicht schaden.

»Zimmer Nummer 3«, murmelte sie, während sie durch das Buch blätterte. Da ist es. Monsieur Maurice Pastel aus Marseille. Reserviert für eine Woche. Dem Datum zufolge war er vorgestern hier eingetroffen. Aus welchem Grund er auch hier war, er hatte geplant, sein Vorhaben bis zum kommenden Wochenende zu beenden. Sie klappte das Buch zu und legte es zurück in die

Schublade. Sie wusste nun, wie der Mann hieß und dass seine Behauptung, Vögel beobachten zu wollen, nur ein Vorwand war, sich in der Umgebung der Bégude näher umzusehen. Was konnte er gesucht haben? Dieses Geheimnis würde er wohl mit in sein Grab nehmen.

Adeline ging durch einen schmalen Gang in einem der Nebengebäude zur Remise, die in früheren Zeiten dafür gedient hatte, die Kutschen abzustellen und zu reparieren. Heute standen hier aus bunt lackierten Paletten zusammengeschraubte Sofas und ein niedriger Tisch für die Gäste, die einen ruhigeren Ort als den Innenhof suchten. Sie schaute auf das Display des Handys. Es war weniger als zwei Stunden her, dass sie die Leiche des Fremden gefunden hatte. Sie ärgerte sich, dass sie ihn gestern Abend nicht gefragt hatte, was er vorhatte. *So wie er mich angefahren hat, meine neugierige Nase aus seinen Angelegenheiten zu lassen, hätte er mir wohl kaum von seinen Plänen erzählt. Außerdem hat er mich bereits einmal angelogen, er hätte es bestimmt erneut getan.*

Adeline klappte ihren Laptop auf und schloss die Kamera an. Ihren Kanal hatte sie letzte Woche eingerichtet, kurz nachdem sie sich dafür entschieden hatte, in Beauregard zu bleiben, aber bisher nur einige belanglose Ankündigungen, was sie plante, gepostet. Immerhin hatte sie bereits drei Abonnenten: Marguerite, Charlotte und Carmen, die Besitzerin des Café Fleur. Nicht gerade ein berauschender Start. Jetzt musste sie ihren Artikel vorbereiten. Sie würde die Erste sein, die über den Toten in Beauregard berichtete. *Vielleicht liegt Mathieu Passard falsch und es handelt sich nicht um einen Unfall. Aber das ist reine Spekulation, das kann ich nicht schreiben.*

Sie kopierte die Fotos auf die Festplatte und fing an zu tippen.

»Schon so früh am Arbeiten?«, sprach sie jemand an und Adeline zuckte erschrocken zusammen. Es war der ältere Mann mit der Glatze, der gestern Abend bei dem Fremden gesessen und heute Morgen die Tür nicht geöffnet hatte.

»Tut mir leid, ich wollte Sie nicht erschrecken«, entschuldigte er sich.

»Kein Problem, ich war nur in Gedanken.«

»Ich bin auf der Suche nach unseren Gastgebern und habe Sie hier gesehen. Ich heiße Pierre Egmont.« Der Mann reichte ihr eine Hand, die sie nahm. Sein Griff war härter, als sie vermutet hätte, doch nicht so sehr, dass es schmerzte. Er schien gut durchtrainiert zu sein.

»Die beiden sind beim Arzt. Vorsorgeuntersuchung wegen des Babys. Charlotte hat in der Küche das Frühstück vorbereitet. Kaffee finden Sie in der Thermoskanne.«

»Das Kleine kommt wohl bald.« Der Mann setzte sich auf eines der Sofas und lächelte sie an, während er über seine Glatze strich.

»Ich weiß nicht, ob Sie es schon erfahren haben, einer der Gäste hatte einen Unfall.« Sie wollte anhand seiner Reaktion sehen, ob sie mit ihrer Vermutung, dass die beiden Männer, die sie bei einem Streit beobachtet hatte, sich bereits vor dem Urlaub in der Bégude gekannt haben, richtig lag.

»Einen Unfall?« Er richtete sich auf und das Lächeln zerfiel. »Wer?«

»Ich kenne seinen Namen nicht. Er saß gestern beim Abendessen neben Ihnen. Der große Mann mit den breiten Schultern.« Es war geschwindelt, aber eine innere Stimme riet ihr, vorsichtig zu sein. Ihr Gegenüber sollte nicht annehmen, dass sie dem Toten hinterherschnüffelte, was wahrscheinlich übertrieben war.

»Maurice? Was ist ihm zugestoßen?«

»Kannten Sie ihn gut?« Vielleicht konnte er ihr Informationen über das Opfer liefern, um den Artikel abzurunden.

»Nein«, wehrte er ab. »Ich habe ihn hier kennengelernt, genau wie Jules, der ebenfalls bei uns saß. Mehr als ein paar belanglose Sätze haben wir nicht ausgetauscht. Was man halt so beim Essen erzählt. Meistens über Fußball. Maurice kommt aus Marseille, ist aber ein Fan von Paris Saint-Germain, was einfach ist, die haben Geld ohne Ende und gewinnen deswegen jedes Jahr die Meisterschaft. Wie geht es ihm?«

»Wie es aussieht, ist er beim Wandern von einer Klippe gestürzt und mit dem Kopf aufgeschlagen.«

»Oh«, wiederholte der Mann und verzog die Mundwinkel, als würde er den Schmerz persönlich spüren. »Dann wird er eine Weile Kopfschmerzen haben.«

»Er hat es leider nicht überlebt.«

Er lehnte sich im Sofa zurück und atmete tief aus. »Der arme Kerl. Und ich mache auch noch Scherze. Wo genau ist er abgestürzt?«

»In der Nähe des Flusses. Beim Weingut der Benoîts. Zu mir sagte er, dass er Vögel beobachten wollte. Jedenfalls hatte er ein Fernglas und eine Kamera mit Teleobjektiv dabei. Die Polizei vermutet, dass er unachtsam war und ausgerutscht ist.«

»Am Weingut«, wiederholte er, als wäre es auf irgendeine Art bedeutsam.

»Hat er Ihnen gegenüber etwas darüber fallen lassen, was er gestern Abend vorhatte?«

»Zu mir? Nein.« Er schüttelte den Kopf. »Wie gesagt, wir kannten uns nicht gut. Ich wusste nicht einmal, dass er Vögel beobachten wollte. Er kam mir nicht gerade wie ein Vogelkundler vor.« Er sah auf die Uhr. »Schlimme Sache, aber ich gehe besser rein, das Frühstück suchen. Mein Magen knurrt schon lautstark und ich will nach Avignon fahren, den Papstpalast und die Altstadt besichtigen. Ich habe gehört, es würde sich lohnen.«

Er verabschiedete sich und marschierte mit schnellen Schritten zu dem Hauptgebäude hinüber. Kurz darauf war er aus ihrem Blick verschwunden. Dafür trabte Voltaire heran, sprang auf eines der Sofas und rollte sich ein. Den Kopf auf den Pfoten schaute er Adeline zu, wie sie ihren Artikel fertig tippte und postete.

»Jetzt muss ich mich auf den Weg machen. Mein Job wartet«, sagte sie zu dem Hund und packte ihre Sachen zusammen. Sie wollte nicht zu spät zur Arbeit erscheinen.

Adeline stand hinter dem Tresen im Café Fleur, stellte eine volle Espressotasse auf das Tablett und schaute durch die Fensterfront nach draußen. Der Wochenmarkt ging langsam auf sein Ende zu und die ersten Händler packten ihre Waren in Kisten, um sie in ihren Transportern zu verstauen.

»Erwartest du jemanden?« Carmen kam aus der Küche und setzte sich zu ihr. Wie gewöhnlich trug sie eine schwarze Jeans und eine dunkle Bluse. Adeline fragte sich, ob ihre Chefin überhaupt ein buntes Kleidungsstück besaß. Heute fielen Carmens Haare offen über ihre Schulter und sie strich eine Strähne aus der Stirn.

»Es geht auf Mittag zu und ich halte Ausschau nach unserem Polizeichef.«

»Mathieu? Das überrascht mich. Nach dem Ärger, den du in der letzten Woche mit der Polizei hattest, hätte ich erwartet, dass du ihm eher aus dem Weg gehen würdest.«

»Du weißt doch, ich bin dabei, mich selbstständig zu machen.«

»Klar, das habe ich schon mal andeutungsweise von dir gehört«, antwortete sie, ohne die Belustigung in ihrer Stimme zu verbergen.

»Ich weiß, ich rede zu viel darüber«, entschuldigte sie sich Adeline.

»Als ich das Café Fleur eröffnet habe, sind alle Freunde geflohen, sobald sie mich gesehen haben, um weitere Monologe über meine Pläne zu vermeiden. Ich weiß genau, wie du dich fühlst und habe ein offenes Ohr, solange du mir vorher noch einen Espresso machst. Ich habe deine Webseite entdeckt und den Kanal gleich abonniert.«

»Ja, ich habe schon drei Abonnentinnen. Es wächst und gedeiht.«

»Häng ruhig eine Werbung ans Schwarze Brett. Jeder, der in Beauregard wohnt, kommt im Laufe der Woche mindestens einmal hier vorbei. Die Leute interessieren sich dafür, was du tust. Du bist schließlich eine Einheimische.«

»Das ist echt nett von dir. Ich habe gerade einen Artikel verfasst. Über den Toten, den Monsieur Clairon und ich entdeckt haben.«

Adeline nahm die Tasse vom Tablett und stellte sie vor Carmen. Madame Blanchard, die ihn bestellt hatte, würde auf ihren noch etwas warten müssen. Zuerst musste sie ihre Erlebnisse von heute Morgen loswerden. In wenigen Sätzen berichtete sie von ihrem Leichenfund.

»Er glaubt, dass es sich um einen Unfall handelt?«, fragte Carmen nach.

»So habe ich ihn verstanden. Aber es gibt ein paar Gründe, sich den Ablauf des Unfalls näher anzusehen.«

»Ein zweiter Mord in so kurzer Zeit wäre miserabel für den Ruf von Beauregard. Die Leute kommen hierher, um einen angenehmen Urlaub zu verbringen.«

»Das ist schon wahr, es könnte einige Gäste abschrecken. Es sei denn, du würdest darüber nachdenken, Krimi-Dinner zu veranstalten. Das könnte einen Haufen Leute anlocken.«

»Kein Thema, um darüber Witze zu machen. Der arme Kerl.«

»Auf jeden Fall hätte ich gerne ein paar zusätzliche Infos von Mathieu, bevor ich den nächsten Artikel veröffentliche.«

Carmen hob den zierlichen Espressolöffel und deutete in Richtung der Tür. »Pünktlich zum Essen. Nach Mathieu Passard kann man seine Uhr stellen.«

Der Polizeichef betrat das Café und steuerte direkt auf Adeline zu.

»Schön, Sie zu sehen, ich hätte da ein paar Fragen«, wandte sie sich an den Polizisten.

»Für deine Online-Zeitung oder wie man das heutzutage nennt?«

»Stimmt genau.«

»Bist du tatsächlich unter die Reporter gegangen? Mutig.« Er nickte anerkennend. »Ich hoffe, du schreibst nicht so viel Unsinn wie der Rest der Bande.«

»Natürlich nicht. Deswegen frage ich Sie, ob es noch ein paar Informationen gibt, die Sie mir mitteilen könnten, bevor ich den nächsten Artikel veröffentliche.«

»Du hast bereits darüber berichtet?«, fragte er erstaunt.

»Selbstverständlich. Schließlich habe ich ihn gefunden.«

»Das muss ich mir ansehen.« Er atmete tief aus und schüttelte missmutig den Kopf.

»Das würde mich freuen. Ich kann jeden Leser gebrauchen.«

»Zu dem Toten kann ich nicht viel sagen. Er ist fremd in der Gegend und hatte keine Papiere dabei. Auf der Klippe lag ein teuer aussehendes Fernglas und am Fuß neben der Leiche eine Kamera mit so einem langen Objektiv. Nach irgendetwas hat er Ausschau gehalten.«

»Glauben Sie noch immer an einen Unfall?«

»Was sonst? Es gibt keinen Hinweis darauf, dass irgendjemand bei ihm gewesen sein könnte.« Er lehnte sich auf den Tresen und beugte sich vor. »Überlass die Ermittlungen uns und misch dich nicht ein.«

»Wenn die Polizei nicht weiter ermittelt, kann ich doch auf meinem Kanal berichten, was ich gesehen habe?«

»Da spricht nichts dagegen.« Er hob eine Hand und deutete mit einem Zeigefinger auf sie. »Wie ich dich kenne, hast du einen Haufen Fotos geschossen.«

»Ich bin Journalistin.«

»Na ja«, bremste er ihren Enthusiasmus. »Höchstens ein Lehrling.«

»Jeder fängt mal klein an. Du hast auch nicht als Chef de Police angefangen«, warf Carmen ein.

»Keine Bilder von dem Toten, verstanden? Das gehört sich nicht«, ermahnte er Adeline.

»Hatte ich nicht vor.«

»Gut. Dann mach mir einen Espresso. Und ich nehme das Tagesgericht.«

»Haben Sie den Rucksack gefunden?«, fragte Adeline, bevor sie sich abwendete und zur Espressomaschine am anderen Ende des Tresens ging.

»Was für einen Rucksack?« Irritiert zog der Polizist die Stirn in Falten. Er begann zu ahnen, dass sie sich bereits in die Ermittlungen eingemischt hatte.

»Als ich ihn zuletzt gesehen habe, trug er einen bei sich. Schwarz mit einem North Face-Logo drauf.« Sie öffnete das Ventil und heißes Wasser schoss auf den Siebträger. Dunkler, schaumiger Espresso tropfte in die Tasse.

»Du kennst den Fremden?«, fragte er verblüfft.

»Kennen wäre zu viel gesagt. Er heißt Maurice Pastel, kommt aus Marseille und wohnt in der Bégude de Sainte-Claire. Außerdem behauptet er, hier Urlaub zu machen, um Vögel zu beobachten. Was ich ihm nicht abnehme. Gestern Abend verließ er die Bégude nach dem Abendessen und hatte einen Rucksack dabei.«

»Wie war der Name?« Mathieu Passard zog eine Serviette zu sich und holte einen Stift aus der Hemdtasche.

»Maurice Pastel. Jedenfalls hat er das in der Anmeldung eingetragen.« Aus den Augenwinkeln bemerkte sie, wie Carmen mühsam ein Grinsen unterdrückte. Sie hatte in kurzer Zeit deutlich mehr über den Toten herausgefunden als der Polizeichef.

»Wieso hast du das heute Morgen verschwiegen? Das wäre wichtig gewesen«, tadelte er sie.

»Sie haben mich weggeschickt, da Sie und Jean-Luc alles im Griff hätten. Ich konnte ja nicht ahnen, dass Sie Informationen von einem *Reporter-Lehrling* brauchen.«

»Werd nicht vorlaut«, knurrte der Mann.

»Einen Keks?«, fragte Adeline, nachdem sie einen Espresso vor ihn gestellt hatte. Eine kleine Ablenkung von seiner Verärgerung konnte nicht schaden.

»Danke.« Der Polizist packte den Zuckerwürfel aus und ließ ihn in die Tasse fallen. Einige Tropfen flogen auf die Serviette, auf der er sich den Namen des Toten notiert hatte.

»Der Mann wohnt also in der Bégude und ist hier, um Vögel zu beobachten?«

»Das hat er jedenfalls behauptet.«

»Das glaubst du ihm nicht?«

»Er kam mir nicht vor wie jemand, der die Geduld hat, stundenlang im Gebüsch zu sitzen und darauf zu warten, dass ein Vogel vorbeifliegt.« Sie erinnerte sich daran, wie er sie angeschnauzt hatte. Der Mann besaß eine kurze Zündschnur. »Außerdem hielt Monsieur Clairon ihn für wenig glaubhaft. Diese Vogelsorte, auf die er scharf war, lebt in der Umgebung von Beauregard nicht, dafür aber in den Schluchten der Jonte, weiter im Westen. Welcher vernünftige Mensch würde dann hier bei uns danach suchen? Es ist kaum mehr als eine Autostunde bis dorthin zu fahren.« Adeline hatte im Internet nachgesehen, da sie noch nie in der Gegend gewesen war.

»Na ja. Hätte ich von dir auch nicht erwartet, dass du morgens um diese Uhrzeit aufstehst, um einen Rentner aus der Residenz auf einen Ausflug zu begleiten.«

»Wenn ein interessanter Artikel dabei rausspringt, kann ich ausgesprochen geduldig sein«, erwiderte Adeline. »Vielleicht könnte mich unser Polizeichef auf seine Runde durch die Stadt mitnehmen. Bestimmt interessiert es viele Einheimische, wie Sie Ihren Tag verbringen.«

Mathieu Passard kniff die Augen zusammen und musterte sie, als würde er überlegen, ob sie ihm gerade unterstellte, seinen Job zu leicht zu nehmen.

»Bemerkenswert fand ich, dass er sich am Vortag bei mir nach einem Charles Duran erkundigt hat«, lenkte sie ihn ab. Auf keinen Fall wollte sie es sich mit dem Chef de Police verscherzen, nur weil sie manchmal etwas vorlaut war.

»Charles Duran«, wiederholte er nachdenklich und rührte in seinem Espresso, dann schüttelte er den Kopf. »Nie gehört.«

»Ich auch nicht, dabei kenne ich mich hier in der Gegend ziemlich gut aus. Der Mann soll in der Nähe des Weinguts der Benoîts leben, aber die Besitzerin kennt ebenfalls niemanden mit diesem Namen. Merkwürdig, oder?«

»Die Tochter vom alten Benoît? Die sollte ihre Nachbarn kennen. Der Fremde wird die Gegend verwechselt haben. Was soll man von einem Städter schon erwarten?«

»Er wurde jedenfalls ziemlich grob, als ich erwähnte, dass ich mich bei Aurélie nach dem Mann erkundigt habe.«

»Schön und gut, aber was soll das mit seinem Unfall zu tun haben?«

»Das weiß ich noch nicht, doch es kommt mir verdächtig vor, dass ein Tourist hierherreist, um Vögel zu fotografieren, die in der Gegend nicht vorkommen, statt eine Stunde weiterzufahren, um sie dort zu beobachten, wo sie brüten. Außerdem erkundigte er sich nach einem Einheimischen, den hier keiner kennt.«

»Wer weiß, wer ihm die Auskunft gegeben hat? Bestimmt vollkommen harmlos. Diese Vogelbeobachter sind doch meistens merkwürdige Menschen. So wie dieser Clairon. Oder?« Er sah zu Carmen und erwartete Zustimmung, die zu seiner Enttäuschung jedoch ausblieb.

»Sie sind der Polizeichef und wissen, was Sie tun.« Adeline sah ein, dass er ihren Argumenten nicht zugänglich war, und vielleicht hatte er auch recht. Außer ihrem vagen Gefühl existierte kein handfestes Indiz, das gegen einen Unfall sprach. *Bis auf den verschwundenen Rucksack,* fiel ihr ein.

»Ich würde dir raten, in deinem Artikel bei den Dingen zu bleiben, die nachweisbar sind. Man hat schnell einen schlechten Ruf oder gar eine Klage am Hals«, warnte Mathieu Passard sie. Er hob den Zeigefinger und hielt ihn hoch. »Ich schaue mir an, was du schreibst. Darauf kannst du dich verlassen.«

»Das hoffe ich doch. Ich brauche Leser, um Geld zu verdienen.«

»Adeline ist ein ehrlicher Mensch, sie würde nie etwas erfinden, damit eine Geschichte reißerischer wird«, sprang Carmen ihr zu Hilfe.

»Weiß ich doch«, sagte der Polizist in einem versöhnlicheren Ton. »Schließlich kenne ich sie bereits, seit sie Laufen gelernt hat.«

Adeline hatte schon als kleines Kind ihren Vater zum Pétanque am Sonntag begleitet. Der Bürgermeister und der Polizeichef spielten mit ihm in einer Mannschaft. Hinterher ging es zu einem gemeinsamen Mittagessen in eines der Restaurants am Marktplatz.

»Ich rate dir nur, gut zu überlegen, wie weit du dich in deinem Artikel aus dem Fenster lehnen willst.«

»Ich bin vorsichtig«, versprach sie. *Vor allem werde ich nicht den Eindruck aufkommen lassen, die Police municipale würde ihren Job nicht gründlich machen. Jedenfalls nicht, bis ich mehr Indizien finde, die gegen einen Unfall sprechen.*

»Ich hoffe, Sie empfehlen meinen Nachrichtenkanal weiter. Ich freue mich über jeden neuen Abonnenten. Ganz besonders von der hiesigen Polizei.« Es musste ja nicht gerade Capitaine Rousseau von der Kriminalpolizei in Nîmes sein, der seine Nase in ihre Angelegenheiten steckte. Von ihm wollte sie lieber Abstand halten. Fast hätte er sie wegen Mordes an Fréderic Chinon festgenommen.

»Dann hole ich dir dein Essen. Es gibt Ratatouille.« Carmen trank den Rest ihres Espressos aus und ging in die Küche.

»Bring mir einen Weißwein dazu«, bat er Carmen. »Aber nur ein Glas, ich bin im Dienst und muss den Unfallbericht schreiben.« Er dreht den Kopf und schaute hinaus. Der Feldhüter stand vor der Fensterscheibe und winkte ihm zu, bevor er sich an einen der runden Tische setzte.

»Mach aus allem zwei. Ich esse mit Jean-Luc draußen.« Mathieu Passard erhob sich und steckte das Hemd ordentlich in den Hosenbund. »Und sag Charlotte bitte, sie soll mich anrufen und mir die Daten der Anmeldung geben. Ich brauche die für den Bericht. Den hätte ich gerne rasch vom Schreibtisch. Der Leichnam liegt im Kühlfach beim Bestatter, bis wir einen Familienangehörigen aufgetrieben haben. Einen Ehering trug der Tote nicht, wahrscheinlich wird es keine Madame Pastel geben.«

»Wird erledigt. Ich bin später mit Aurélie Benoît auf dem Weg zur Müllkippe. Falls ich Charlotte vorher nicht mehr sehe, lasse ich einen Zettel da.«

»Ist eine Menge Arbeit, so ein altes Gemäuer zu renovieren. Aber du wirst das schon schaffen«, sagte er und ging nach draußen zu seinem Kollegen. Die Neuigkeit, dass sie in die Bégude ziehen wollte, hatte sich rasch im Ort herumgesprochen.

In der Bégude

Adeline parkte den Roller vor dem Taubenturm. Sie hatte noch Zeit, bevor es zur Müllkippe ging. Es sollte reichen, um Spinnweben wegzufegen und einmal durch das Erdgeschoss zu putzen. Etwas, das sie mit Sicherheit mehrmals tun musste, um sich dort wohl zu fühlen. Aus dem Keller ihres Elternhauses hatte sie ein Feldbett, das ihr Vater früher zu Campingausflügen mitgenommen hatte, herausgekramt. Das würde für die erste Zeit ausreichen müssen, auch wenn sie noch nicht wusste, wie sie es transportieren sollte. Dafür war die Vespa ungeeignet, und ein eigenes Auto konnte sie sich schlichtweg nicht leisten. Vielleicht würde Tante Simone es auf ihrer nächsten Tour mitnehmen. Sie hatte sich entschieden, schon jetzt in den Turm zu ziehen. Es war ihr lieber, dort zu übernachten, als zu Hause oder in dem Zimmer, das Charlotte ihr angeboten hatte. So konnte sie bis spät abends noch Kleinigkeiten reparieren oder sich an den Computer setzen, falls ihr etwas einfiel, das sie unbedingt in einem Artikel unterbringen wollte. Daher hatte sie auch ihren Drucker mit einigen Gummispannern auf der Vespa befestigt und hergebracht.

Sie durchquerte das Erdgeschoss des Turms und ging in den Anbau, den der Vorbesitzer als Waschraum für seine Arbeiter eingerichtet hatte. Die beiden Waschbecken waren verdreckt und die Wasserhähne mit Kalk überzogen. Ein Riss lief durch die Toilettenschüssel. Adeline zog an der Kette, die daneben hing, doch es rührte sich nichts. Was sich an Wasser im Spülkasten befunden hatte, war schon vor Jahren verdunstet. Jetzt nisteten höchstens Spinnen darin. Alles musste ausgetauscht werden. *Sobald ich das Geld dafür zusammen habe.* Ihr Blick glitt suchend durch den Raum, bis sie das Ventil für den Wasseranschluss fand. Es würde helfen, wenn sie nicht für jeden Eimer Putzwasser in das Haupthaus laufen musste. Sie umfasste das Rad mit der rechten Hand und drehte, so stark sie konnte, doch es bewegte sich keinen Millimeter. *Das bringt nichts.* Adeline sprühte das Ventil mit Kriechöl ein. *Bestimmt brauche ich noch ein paar Sprühdosen, bis ich hier fertig bin.* Sie nahm den Putzeimer, den sie gestern bei Carrefour gekauft hatte, und schüttete eine ordentliche Portion Seife hinein. Es blieb ihr nichts anderes übrig, als zum Haupthaus zu gehen und so lange Wasser zu schleppen, bis sie es schaffte, die Wasserversorgung des Turms wieder zum Laufen zu bringen.

Im Hof kamen ihr Charlotte und Voltaire, der Wachhund, entgegen.

»Du warst doch heute im Zimmer von Monsieur Pastel, nicht wahr?«, fragte sie.

»Ja. Ich habe Rose geholfen und frische Handtücher in den Gästezimmern verteilt.«

»Ich habe gerade erfahren, dass er ums Leben gekommen ist.«

»Ja. Ich habe die Leiche heute Morgen gefunden. Gemeinsam mit Monsieur Clairon. Deswegen möchte Mathieu Passard mit dir sprechen. Er braucht die Anmeldung.«

»Musst du schon wieder einen Toten entdecken! Das tut mir so leid.« Charlotte nahm sie in die Arme und drückte sie fest an sich. Adeline krümmte sich wie ein Angelhaken, um Platz für den Babybauch zu lassen. Wenigstens fragte Charlotte nicht, wieso sie Handtücher in das Zimmer gelegt hatte, wo sie doch wusste, dass er sie nicht mehr brauchen würde.

»Um ehrlich zu sein, ist das die erste Leiche, über die ich gestolpert bin.« Den ermordeten Fréderic Chinon hatte sie nie zu sehen bekommen. Als sie am Tatort eintraf, wurde er bereits auf einer geschlossenen Trage abtransportiert.

»Das macht es nicht besser«, wischte Charlotte den Einwand zur Seite. »Ich mache dir erst mal was zu essen. Nach dem Schock kannst du das sicher gebrauchen.«

»Setz du dich lieber hin. Du solltest dich schonen.«

»Hol dir was aus der Küche. Ich warte hier auf dich.« Charlotte ließ sich mit einem tiefen Seufzen auf einen mit Schaffell gepolsterten Korbsessel sinken und hielt dabei ihren Babybauch.

»Na gut. Ich hole mir auch Wasser zum Putzen. In meinem neuen Wohnzimmer liegt der Staub zentimeterhoch«, übertrieb sie ein wenig.

»Der Dreck läuft nicht weg, das habe ich beim Renovieren der Bégude gelernt.«

»Könnte Philippe nachsehen, ob das Ventil der Wasserleitung, die von hier zum Turm führt, offen ist?«

»Selbstverständlich. Kannst du denn noch irgendwas von der Einrichtung gebrauchen?«

»Nur ein paar Kleinigkeiten. Das Meiste muss ich neu anschaffen.«

Adeline ging zum Haupthaus, als Charlotte ihr nachrief: »Mathieu hat angerufen. Er kommt gleich vorbei, um sich die Anmeldung und das Zimmer unseres Gastes anzusehen. Vielleicht möchtest du dabei sein. Es könnte was für deinen Artikel abfallen.«

»Mache ich gerne«, rief sie über die Schulter zurück, auch wenn es nicht ganz der Wahrheit entsprach. Sie würde gestehen müssen, das Zimmer eines Mannes betreten zu haben, von dem sie wusste, dass er verstorben war. Der Chef de Police würde annehmen, dass sie herumschnüffeln wollte, was auch stimmte. Es war ihr unangenehm, es zuzugeben.

Der Hund trabte neben ihr her. Wahrscheinlich wusste er, dass sie in die Küche ging, wo seine Leckerlis lagen.

Charlotte fächelte sich Luft zu, Voltaire lag im Schatten eines Sonnenschirms und knabberte an einem getrockneten Schweineohr, das Philippe vom Metzger mitgebracht hatte, während Adeline die letzten Krümel eines Stücks Gemüse-Quiche auf ihrem Teller zusammenschob. Der blaue Dacia Duster der Police municipale fuhr durch das äußere Tor und stoppte neben dem Taubenturm.

»Da kommt er ja. Besonders eilig scheint er es nicht zu haben«, sagte Charlotte und hielt ihr eine Hand hin. »Etwas Hilfe wäre nett. Ich fühle mich wie ein gestrandeter Wal. Wahrscheinlich sehe ich auch so aus.«

Adeline stellte den Teller ab und zog ihre Freundin aus dem Korbstuhl.

»Du siehst überhaupt nicht wie ein Wal aus, sondern hinreißend.«

»Schmeichlerin«, erwiderte Charlotte, doch ihr Lächeln verriet, dass ihr das Kompliment gutgetan hatte.

»Mesdames«, grüßte der Polizeichef. »Ich hoffe, ich störe nicht. Aber es wird nicht lange dauern.«

»Ich hole das Buch mit der Anmeldung, währenddessen zeigt Adeline Ihnen das Zimmer von Monsieur Pastel.«

»Das wäre nett. Ich hätte den Papierkram gerne vom Schreibtisch. Irgendwo wird sich jemand um den Toten Sorgen machen.«

Davon war Adeline nicht überzeugt. Ein besonders liebenswertes Wesen hatte der Mann ihr gegenüber nicht gezeigt. Sie bezweifelte, dass er bei anderen Menschen freundlicher gewesen war.

»Kommen Sie mit.« Sie ging vor zu der steinernen Außentreppe, die zu den Gästezimmern führte. Die massiven Wände und geschlossenen Fensterläden hielten viel von der Hitze des Tages draußen. Adeline atmete die kühle Luft tief ein.

»Oh«, sagte sie und blieb vor der Tür stehen. »Jemand hat sie aufgebrochen.« Sie zeigte auf die Druckstellen am Rahmen und das herausgebrochene Holz am Türblatt, das eine Handbreit offenstand.

»Ein Einbruch«, stellte der Polizeichef das Offensichtliche fest. »Bleib hinter mir!« Mit einer Hand drückte er die Tür auf und trat einen Schritt in den Raum hinein. »Hallo«, rief er.

Welcher Einbrecher würde denn darauf antworten?, fragte sich Adeline, bevor ihr einfiel, dass sie exakt das Gleiche getan hatte. Mit einem Schmunzeln auf den Lippen folgte sie ihm und schaute sich um. Der Bettbezug war herausgerutscht, als hätte jemand die Matratze angehoben, um einen Blick darunter zu werfen. Wäsche lag auf dem Boden vor dem offenstehenden Schrank und die Schubladen der Kommode waren herausgezogen.

»Der Einbrecher ist auf jeden Fall schon weg«, sagte Mathieu Passard. »Eine ziemliche Unordnung hat er hinterlassen.«

»Er hat nach etwas gesucht.«

»Sag nur«, erwiderte der Polizist sarkastisch. »Ich dachte nicht, dass es hier immer so aussieht.«

»Heute Morgen war es jedenfalls akribisch aufgeräumt.«

Der Polizeichef drehte sich zu ihr. »Du warst im Zimmer?«

»Ja.« Sie zeigte auf die Handtücher, die unberührt auf dem Bett lagen. »Ich habe den Gästen frische Handtücher gebracht. Das gehört hier zum Service.«

»Du hast die Leiche gefunden. Aus welchem Grund sollte ein Toter frische Handtücher brauchen? Hast du angenommen, er würde wiederbelebt werden und zum Duschen zurückkommen?«, maulte er sie an.

»Um genau zu sein, hat Monsieur Clairon ihn entdeckt, ich war nur zufällig dabei«, erwiderte sie rasch. Sie versuchte, so wenig wie möglich mit dem Toten in Verbindung gebracht zu werden. Noch einmal wollte sie nicht als Verdächtige in einer Ermittlung enden. »Rose hat mich darum gebeten und ich habe es getan, ohne groß darüber nachzudenken«, schwindelte sie. »Es ist mir erst hinterher klargeworden, wer in diesem Zimmer wohnt.«

»Es ist strafbar, seinen Polizeichef auf den Arm zu nehmen«, sagte er streng.

Das war es natürlich nicht, doch Adeline entschied sich dafür, ihre Klappe zu halten.

Mathieu Passard stand in der Mitte des Raums und sah sich um. Der Mann suchte erfolglos etwas in seiner Uniformjacke. »Nichts anfassen«, wies er sie an.

»Brauchen Sie Einweghandschuhe? Wir haben welche beim Putzzeug.«

»Die sind im Wagen«, murmelte er nachdenklich. »Du hast hier für deinen Artikel rumgeschnüffelt. Was fällt dir auf?«

»Rumgeschnüffelt hört sich sehr abfällig an«, sagte sie mit gespielter Empörung. *Aber recht hat er schon.* Sie hatte sich in dem Zimmer gründlich umgesehen, was sie auch jetzt tat. Alle Hemden hingen auf den Bügeln, die meiste Wäsche war durchwühlt oder lag auf dem Boden.

»Der Koffer«, rief sie. »An der Wand stand ein dunkler Schalenkoffer. Der ist verschwunden.«

»Das reicht.« Er winkte ihr zu, den Raum zu verlassen. Zu gerne hätte sie ein paar Fotos geschossen, doch das würde er auf keinen Fall gestatten. Mathieu Passard folgte ihr in den Flur. »Niemand betritt das Zimmer. Verstanden?«

»Sicher. Aber wie sollen wir das überwachen? Ich kann mich nicht den ganzen Tag davorstellen.«

»Ich sperre den Raum ab, bis meine Kollegen eintreffen.«

»Sie haben Ihre Meinung über die Todesursache geändert?«, fragte Adeline.

»Keinesfalls«, sagte er, doch es kam zu zögerlich, um Adeline zu überzeugen. »Was ich weiß, ist, dass wir einen Toten haben, in dessen Zimmer eingebrochen wurde. Das liegt nicht mehr in meinem Aufgabenbereich, also benachrichtige ich die Kriminalpolizei. Wie es mit den Ermittlungen weitergeht, wird sich zeigen.«

»Doch nicht etwa dieser Capitaine aus Nîmes?« Sie verzog die Mundwinkel und atmete tief aus. Den Mann erneut zu treffen, hätte sie liebend gerne vermieden.

»Wer weiß, wen sie schicken? Wahrscheinlich einen Anfänger, schließlich geht es nur um einen simplen Einbruch und einen Unfall. Jemand hat von dem Tod des Mannes gehört und versuchte, etwas Kapital daraus zu schlagen. Für einen Capitaine der Police Nationale ist der Fall zu unbedeutend.«

Sie nickte zustimmend. Aber ihr Artikel gewann durch den Diebstahl des Koffers deutlich an Brisanz. Gegen Fotos von der Bégude, vielleicht von der Tür von außen, konnte er schlecht Einwände haben.

Im Innenhof erwartete Charlotte sie mit den Anmeldungen. »Da sind die aktuellen Gäste.«

Mathieu Passard nahm das Gästebuch und brachte es zu seinem Wagen. Kurz darauf kam er zurück, eine Rolle Absperrband in der Hand.

Adeline saß auf einem Sofa, den aufgeklappten Laptop auf den Oberschenkeln, und schaute durch die Fotos, die sie an den Artikel anfügen wollte. Der Polizeichef warf ihr einen kritischen Blick zu. Er wusste, was sie tat, und missbilligte es, besaß aber keine Handhabe, es zu unterbinden. Die Presse würde auf jeden Fall über den Tod und den Einbruch berichten, wieso nicht auch Adeline?

»Ich sperre das Zimmer und warte ab, bis meine Kollegen anrücken.«

»Es ist jede Menge Gemüse-Quiche in der Küche«, bot Charlotte an.

»Gerne. Es sieht so aus, als würde ich heute eine Weile hier verbringen.« Seinem Lächeln nach würde es ihm nicht sonderlich viel ausmachen, hier im Schatten zu sitzen und eine Portion von der Quiche zu essen, vielleicht auch einen kühlen Landwein dazu. Schließlich wusste er, wie gut Philippe kochte.

Hinter dem Hauptgebäude hupte jemand und Adeline klappte den Rechner zu. »Ich muss los, den Müll wegbringen.« Sie sah zu dem Polizisten. »Oder werde ich gebraucht?«

»Nein. Erledige ruhig deine Arbeit. Später musst du alles zu Protokoll geben, den Leichenfund und das Rumschnüffeln im Zimmer.«

»Wir nennen das hier Zimmerservice«, verteidigte Charlotte sie.

»Bis später.« Adeline steckte den Laptop in den Rucksack und marschierte auf die Rückseite der Bégude.

Hubert hatte den Anhänger bereits an einem roten Traktor befestigt. Im Vergleich zu den Ungetümen, die sie im Fernsehen bei den Bauernprotesten gesehen hatte, wirkte er geradezu zierlich. Luxus, wie eine geschlossene Fahrerkabine, hatte es zu der Zeit, in der er gebaut worden war, noch nicht gegeben.

»Macht erstmal nicht viel her.« Er hatte ihren Blick bemerkt und richtig gedeutet. Fast schon zärtlich legte er seine Hand auf die rundliche Motorhaube. »Auch wenn das Schätzchen mehr Jahre auf dem Buckel hat als ich, wird es uns verlässlich überall hinbringen.«

»Davon bin ich überzeugt.«

»Dann mal los.«

Adeline kletterte hinauf und setzte sich auf eine schmale Bank über einem der Hinterräder. Hubert saß vor ihr und startete den Motor. Seine schwieligen und von der Landarbeit zerkratzten Hände lagen fest um das Lenkrad. Mit einem kleinen Hupfer fuhren sie los und bogen auf den Feldweg ab, der zur Hauptstraße führte. Sie holte die Kamera aus ihrem Rucksack und schoss einige Fotos.

»Wie mache ich mich als Fotomodell?«, rief ihr Hubert zu, um den Krach des Motors zu übertönen.

»Ausgezeichnet.« Sie schoss eine Reihe Fotos von seinen Armen, die von Tätowierungen übersät waren. Menschen, an denen das Leben seine Spuren hinterlassen hatte, reizten sie als Motive stets mehr als welche, die auf eine oberflächliche Art schön waren. »Der Traktor passt zu Ihnen.«

»Ein alter Porsche. Normalerweise bin ich ja ganz für Frankreich, aber er ist mir ans Herz gewachsen. Der alte Benoît hat ihn in seiner Jugend angeschafft und Aurélie hat darauf fahren gelernt.«

»Sie hat das Weingut wieder hochgepäppelt, heißt es.«

Hubert nickte kräftig. »Sie hat einen Haufen Land in der Umgebung dazugekauft und in die Maschinen investiert.« Der Mann lachte. »Aber nur da, wo es unbedingt notwendig war. Komm mal vorbei und schau dir den neuen Vollernter an. Der ersetzt locker einhundert Menschen bei der Weinlese. Erntehelfer sind teuer geworden und inzwischen nur noch schwer zu bekommen. Da kommt so eine Investition rasch wieder rein.«

Der Mann hielt große Stücke auf seine Chefin, die vom Alter her problemlos seine Tochter sein konnte, und machte kein Geheimnis daraus. Aurélie Benoît war nicht nur auf dem Weingut in die Fußstapfen ihres Vaters getreten, sie hatte auch seinen Sitz im Gemeinderat und im Bauernverband übernommen.

»Die Sanitäter waren bestimmt dankbar, dass Sie ihnen beim Abtransport der Leiche geholfen haben.«

»Klar waren sie das. Bei der Affenhitze so einen riesigen Kerl zu schleppen, ist echt eine Qual. Hier auf dem Land hilft man sich halt, und ich hatte sowieso Zeit.«

»Es war derjenige, der sich nach diesem Charles Duran erkundigt hatte. Er ist gestern Abend zu einem Spaziergang aufgebrochen.«

»Kann sein, dass ich ihn am Vormittag gesehen habe. Er strich um das Weingut herum. Als ob es bei uns seltene Vögel zu beobachten gäbe!« Er schüttelte ungläubig den Kopf. »Dafür ist es auf dem Gut zu laut und viel zu geschäftig.«

»Das glaubt Monsieur Clairon auch nicht, und er kennt sich mit Ornithologie aus.«

»Irgendwas hat er wohl vorm Fernglas gehabt, sonst wäre er nicht so unvorsichtig auf der Klippe gewesen. Auf dem steinigen Boden rutscht man leicht ab.«

»Das nehmen der Chef de Police und der Feldhüter auch an.«

»Jean-Luc kennt sich aus. Da vertraue ich ihm.«

»Der Mann kam aus Marseille«, sagte Adeline. »Genau wie der andere Gast.«

Hubert drehte sich zu ihr um. »Ein Freund von ihm? Noch mehr Vogelkundler?«

»Nein. Er behauptet, ihn erst hier kennengelernt zu haben. Viele Menschen verbringen ihre Ferien hier.«

»Eine schreckliche Stadt.«

Der Anhänger rumpelte durch ein Schlagloch und Hubert schaute wieder auf die Straße. Adeline warf einen Blick zurück, ob sie etwas von der Ladung verloren hatten, doch alles war sicher verstaut. Bis zur Müllkippe brauchten sie eine Viertelstunde und sie genoss das herrliche Wetter und den Fahrtwind, der ihre Haare wehen ließ.

Capitaine Rousseau

Adeline hatte die drei kleinen Fenster im Obergeschoss des Taubenturms geöffnet und ein sanfter Luftzug wehte durch den Raum. Zum Glück waren ihre Befürchtungen, das Dach könnte undicht und das Gebälk morsch sein, nicht eingetreten. Sie hoffte, der feuchte Dielenfußboden, den sie mehrmals gewischt hatte, würde an diesem warmen Tag rasch trocknen. Bis auf den Putzeimer, verschiedene Besen, einem Karton, den sie für den Müll benutzte, und dem zusammengeklappten Feldbett, das Tante Simone freundlicherweise mitgebracht und bei Philipp abgegeben hatte, war der Raum leer. Sie würde später das Nachttischchen, das sie vor dem Sperrmüll gerettet hatte, und eine Lampe, die sie im Supermarkt gekauft hatte, hochbringen. Mehr Mobiliar würde es erstmal nicht geben. Am Besen hingen lange Fäden der Spinnweben, die sie von der Decke und den Wänden gefegt hatte. Sie drängte den Gedanken an die Spinnen, die noch im Gebälk wohnten, aus ihrem Kopf, schließlich wollte sie heute Nacht zum ersten Mal in ihrem neuen Zuhause übernachten. Hier oben fühlte sie sich bereits recht wohl. Adeline genoss den Ausblick und die leichte Brise, die den Staub vertrieb. Außerdem knarrte die Wendeltreppe derart laut, dass niemand unbemerkt heraufkommen konnte, ohne sie zu wecken.

»Mademoiselle Fréchet«, rief jemand vor dem Turm.

Adeline erstarrte. Die Stimme kannte sie. *Was macht der Mann hier?*

»Capitaine Rousseau?« Sie streckte den Kopf durch eines der schmalen Fenster und sah hinunter. Tatsächlich stand der Polizist auf dem Rasen und sah zu ihr hoch. Rasch wischte sie die Hände an ihrer Hose sauber und zupfte Staub und ein paar Spinnweben von ihrem T-Shirt. Dann erst stieg sie die Treppe hinab und ging zu ihm. *Wieso schicken sie ausgerechnet ihn?*

Sie trat aus der Tür des Turms.

»Wir haben wieder eine Leiche in Beauregard und wen finden wir? Sie«, begann Capitaine Rousseau augenblicklich, ohne sie zu begrüßen, und betrachtete sie mit einem genervten Gesichtsausdruck. »Was sollen wir daraus ableiten?« Der Mann war sehr von sich eingenommen, doch bisher hatte er noch nie von sich in der dritten Person gesprochen. Entweder sprach er von der Polizei im Allgemeinen oder seine Assistentin Lieutenant Gaudry hatte ihn begleitet. *Wozu brauchen sie zwei Kriminalbeamte aus Nîmes wegen eines simplen Einbruchs in Beauregard?* Hatte sie recht und es war doch mehr an der Geschichte, als der Polizeichef vermutet hatte? In ihrem ersten Artikel war sie nicht explizit auf ihre Vermutungen eingegangen, da sie nichts davon beweisen konnte.

»Reiner Zufall. Außerdem war nicht ich es, die die Leiche entdeckt hat, sondern Monsieur Clairon, den ich bei einer ornithologischen Exkursion begleitet habe. Der Mann besitzt einen scharfen Blick für seine Umgebung. Aber das habe ich bereits alles dem Chef de Police berichtet.«

»Wir werden uns mit ihm unterhalten. Da Sie hier wohnen«, er sah sich um und seine Mundwinkel verzogen sich abfällig, »halten wir uns zuerst an Sie. Schließlich waren Sie bei der Entdeckung dabei.«

»Der Chef de Police glaubt an einen Unfall. Der Mann spazierte im Dunkeln an der Klippe entlang und rutschte aus. Sowas kann passieren, wenn man unvorsichtig ist.«

»Wir machen uns ein eigenes Bild«, sagte er. Mit einer Hand führte er, vielleicht unbewusst, eine wegwischende Bewegung durch, ganz so, als würde er die Argumente von Mathieu Passard vom Tisch wischen. Es war schwer für sie, ein Lächeln zu unterdrücken. Sie hatte recht gehabt, irgendetwas erregte das Aufsehen des Polizisten. Auch wenn sie den Mann, der sich ihr gegenüber meistens arrogant und abwertend verhalten hatte, nicht ausstehen konnte, war er doch ein erfahrener Ermittler, der etwas von seinem Job verstand.

»Wie Sie meinen.« Sie gab ihm eine Zusammenfassung dessen, was sie in den letzten Tagen beobachtet hatte.

»Sie sind sicher, dass er einen Charles Duran gesucht hat?«, fasste der Polizist nach.

»Bestimmt. Schließlich habe ich mich bei Aurélie Benoît erkundigt, aber sie kannte niemanden mit diesem Namen. Hubert, ihr Angestellter, ebenfalls nicht. Also lebt er nicht in Beauregard. Der Mann muss sich vertan haben.«

»Wer weiß«, murmelte Capitaine Rousseau nachdenklich. Der Name schien ihm etwas zu sagen.

»Sie kennen diesen Charles Duran?«, fragte Adeline.

»Dieses Mal werden Sie sich nicht in die Ermittlungen einmischen. Verstanden?« Er überging ihre Frage, was nur ihre Neugierde anfachte.

»So ganz nutzlos war meine *Einmischung* letztlich nicht, oder?«

»Sie hatten Glück«, sagte er ernst. »Es gibt Menschen, die deutlich gefährlicher sind als die Mitglieder der Familie Chinon. Es könnte übel für Sie enden.«

»Ist das eine Warnung?«

»Wir haben eine Leiche, auf eine weitere würde ich gerne verzichten.«

»Also gehen Sie nicht von einem Unfall aus?«

»Halten Sie sich zu unserer Verfügung«, wies er sie an.

Adeline zeigte nach oben zum Dach des Turms. »Sobald der Fußboden getrocknet ist, stelle ich mein Feldbett auf, dann wohne ich offiziell hier.«

Capitaine Rousseau sah sich um. Sein Blick blieb kurz an den Fenstern, die zu schmal waren, als dass sich jemand hindurchquetschen konnte, hängen und er nickte zufrieden. Der massive Eisenriegel auf der Innenseite der Tür schien ebenfalls seine Zustimmung zu finden.

»Sie können meine Beobachtungen auch im Netz nachlesen.« Sie zog einen Papierschnipsel aus der Hosentasche und kritzelte die Adresse ihres Kanals darauf. Sie würde bald Visitenkarten brauchen.

»Sie sind tatsächlich unter die Reporter gegangen, wer hätte das vermutet. Dann muss ich doppelt vorsichtig sein, was ich

Ihnen mitteile.« Sie hatten beide keine besonders guten Erfahrungen mit der Presse gemacht. Julie Bettencourt, die Reporterin aus Paris, hatte Adeline ausgenutzt und ihre Versprechungen, ihr zu helfen, einen Platz in einer Journalistenschule zu bekommen, vergessen. Kurz nach ihrer Abreise hatte die Reporterin Adelines Telefonnummer blockiert. Sie stellte ein Paradebeispiel für skrupellose Journalisten dar. Auf keinen Fall wollte sie so werden wie diese Frau.

Sie folgte dem Mann und schloss die Tür zum Turm sorgfältig mit einem Vorhängeschloss hinter sich ab. Capitaine Rousseau durchquerte den Innenhof und verschwand im Hauptgebäude. Von Lieutenant Gaudry und Mathieu Passard war nichts zu sehen, nur Jean-Luc, der Feldhüter, saß auf einem Stuhl, den er sich in den Schatten der Hauswand gestellt hatte.

»Sieht aus, als würden die Kriminalisten aus Nîmes nicht an einen Unfall glauben.« Sie setzte sich neben den Mann, der sich in aller Ruhe Zigaretten drehte, die er in eine Metalldose legte.

»Sieht ganz so aus«, antwortete er mit gespielter Lässigkeit. Adeline vermutete, dass ihn die Einmischung der Kriminalbeamten genauso ärgerte wie seinen Chef.

»Und wie kommen die darauf?«

Zwischen Daumen und Zeigefinger drehte er den Tabak im Blättchen auf und ab, bis er zufrieden nickte. Erst dann rollte er ihn darin ein und befeuchtete den Kleberand des gelblichen Papiers mit der Zungenspitze. Einen Filter schien er für unnötig anzusehen. Der Feldhüter strich sie glatt und legte sie zu seinem kleinen Vorrat, den er in einer Metalldose aufbewahrte.

»Darf ich dir eigentlich nicht sagen.«

»Ich habe die Leiche immerhin gefunden. Da gehöre ich quasi zum Team.«

»Unsinn. Du suchst nur was, um drüber zu schreiben.« Der Feldhüter sah sich um. »Von mir hast du es jedenfalls nicht«, sagte er in einem verschwörerischen Ton.

»Klar.«

»Dieser Pastel ist erst vor ein paar Tagen aus dem Knast entlassen worden.«

Daher also die blasse Haut und der Sonnenbrand.

»Sieh einer an. Und die erste Reise führt direkt nach Beauregard.«

»Mir sagen die hohen Tiere ja nichts, aber der Kerl saß wegen eines Raubüberfalls in Marseille ein. Ihn haben sie geschnappt, mehrere Komplizen, die beteiligt waren, konnten mit der Beute abhauen. Er hat die Klappe gehalten und die Strafe abgesessen. Die Anderen wurden nie erwischt.«

»Aber was bringt ihn hierher?« Adeline hatte im Internet nach Maurice Pastel gesucht, um ein paar Hintergrundinformationen in ihrem Artikel zu bringen, doch der Name war zu geläufig, und sie hatte nicht viel Zeit gehabt. In Kombination mit einem Raubüberfall sollte die Suche einfacher und hoffentlich auch ergiebiger werden.

»Denk nach!«

»Er kam aus den Knast und wollte sich seinen Anteil an der Beute holen.«

»Schlaues Kind.« Es klang leicht herablassend, doch sie nahm es von dem eher ruhigen Mann als Kompliment.

»Dann lebt mindestens einer seiner Komplizen bei uns in der Gegend. Wahrscheinlich dieser Charles Duran, nach dem er sich erkundigt hat.« So wie Capitaine Rousseau reagiert hatte, verfolgte er die gleiche Theorie.

»Wir haben alle Unterlagen durchforstet. Es gibt niemanden mit diesem Namen in Beauregard. Und ein Fremder wäre aufgefallen.« Er stand auf und klopfte sich ein paar Tabakkrümel von der Hose. »Ich muss mich auf den Weg machen. Die Kriminalisten brauchen keinen einfachen Feldhüter und ich habe genug andere Dinge zu erledigen.«

»Mach's gut«, verabschiedete sich Adeline von ihm. Der Mann stieg auf sein Fahrrad und fuhr durch das Tor. Marguerite, die ihm entgegenkam, winkte ihm gutgelaunt zu.

»Bist du schon so weit mit dem Putzen, dass du hier faul rumsitzen kannst?«, neckte Marguerite, um deren Beine Voltaire sprang, sie und setzte sich zu ihr. Eine Einkaufstasche mit Büchern stellte sie gegen ein Stuhlbein. Der Hund legte seine Schnauze auf Adelines Oberschenkel. Mit seinen dunklen Augen sah er zu ihr auf, und sie kraulte seinen Nacken. *Ich muss mir ein Tütchen mit Leckerlis einstecken.*

»Ich bin schon recht weit vorangekommen, und es ist einiges passiert.« Rasch erzählte sie ihrer Freundin von dem Toten, dem Einbruch und der Vorgeschichte, die sie von dem Feldhüter erfahren hatte.

»Und das alles, während ich in der Bibliothek hocke und mich langweile. Was hast du vor?«, fragte Marguerite.

»Ich sitze quasi in der ersten Reihe. Natürlich schreibe ich weitere Artikel.« Sie holte ihr Handy heraus und schaltete es ein. »Seit heute Morgen habe ich fast fünfzig neue Abonnenten gewonnen, unter anderem unseren Polizeichef. Der Artikel geht ziemlich rum und wird oft gelikt und geteilt.«

»Mathieu will bestimmt überprüfen, ob du irgendwelche Interna verbreitest, um dir dann einen ordentlichen Rüffel zu verpassen.«

»Er sagt mir nichts, also muss ich versuchen, auf eigene Faust herauszufinden, was vor sich geht.« Sie sah zum Haupthaus hinüber. »Mein Lieblingspolizist ist auch schon aufgetaucht.«

»Der arrogante Kerl aus Nîmes?«

»Genau der.«

»Also, was hast du schon herausgefunden?«

»Dieser Maurice Pastel hat wegen eines Raubüberfalls in Marseille im Gefängnis gesessen. Seine Komplizen schafften es, mit der Beute zu entkommen, und sind nie geschnappt worden. Er hat geschwiegen und seine Zeit abgesessen. Sobald er rauskam, hatte er nichts Besseres zu tun, als Beauregard einen Besuch abzustatten.«

»Und sich nach diesem Mann zu erkundigen, den hier keiner kennt.«

»Er kannte den Namen, aber wusste nicht genau, wo er sich aufhält. Ich nehme an, es handelt sich um einen der Komplizen und Pastel wollte seinen Anteil an der Beute einkassieren. Vielleicht einen Bonus dafür, dass er geschwiegen und sie vor dem Knast bewahrt hat.«

»Wenn er nach ihm suchen muss, scheint dieser Duran keine große Lust zu haben, seinen Reichtum mit ihm zu teilen«, schlussfolgerte Marguerite.

»Sieht ganz so aus. Auf jeden Fall streifte er durch die Gegend und endete tot am Fuß einer Klippe. Mathieu Passard vermutet einen Unfall.«

»Du aber nicht?«

»Es spricht einiges dagegen. Ich habe mir die Fotos vom Fundort nochmal angesehen«, sagte sie und strich nachdenklich über das Fell des Hundes, der sich noch nicht gerührt hatte. »Ich kenne die Klippe, dort oben liegt kaum loses Geröll, auf dem er ausgerutscht sein könnte. Die Leiche lag auf dem Bauch, aber hatte eine kräftige Wunde am Hinterkopf. Ich glaube nicht, dass sie vom Sturz herrührt.«

»Jemand könnte sich angeschlichen und ihn von hinten niedergeschlagen haben.«

»Wäre möglich.«

»Oder er ist beim Sturz gegen den Felsen geprallt. Das reicht noch nicht, um einen Mord zu konstruieren«, sagte Marguerite.

»Die Kamera lag ein paar Meter neben ihm und das Fach, in dem sich die Speicherkarte befindet, stand offen. Ich wüsste nicht, wie das bei einem Sturz passieren könnte. Ich habe es selbstverständlich fotografiert. Ich kann die Bilder vergrößern und vielleicht erkennen, ob die Karte noch im Slot steckte oder gestohlen wurde.«

»Falls nicht, wäre es ein starkes Indiz, dass sich jemand am Tatort befand, nachdem der Mann stürzte oder gestoßen wurde.«

»Außerdem fehlt der Rucksack, den er trug, als er gestern Abend die Bégude verlassen hat.«

»Er könnte zurückgekommen sein und sie im Zimmer abgestellt haben.«

»Da war ich heute Morgen und habe mich umgesehen. Kein Rucksack. Aber einen abgeschlossenen Hartschalenkoffer. Der wurde im Laufe des Tages gestohlen.«

»Dann gehe ich auch mal davon aus, dass es sich nicht um einen Unfall handelt«, stimmte Marguerite ihrer Theorie zu. »Aber wer kommt dafür infrage?«

»Zuerst einmal der Mann mit der Glatze: Pierre Egmont. Er behauptete, den Toten erst hier kennengelernt zu haben. Als ich gestern wegfuhr, habe ich die beiden gemeinsam vor der Bégude gesehen. Für mich sah es so aus, als würden sie sich streiten. Und sicher nicht über etwas so Belangloses wie Fußball.«

»Vielleicht kannten sie sich doch besser, als er zugeben wollte. Was glaubst du? Einer der Komplizen des Raubs?«

»Kann sein. Dann wären beide auf der Suche nach diesem Duran, der wahrscheinlich im Besitz der Beute ist.«

»Gute Theorie. Ergibt Sinn«, stimmte Marguerite ihr zu.

»Dann wäre da dieser Jules Boudan. Er behauptet ebenfalls, den Toten nur zufällig in der Bégude getroffen zu haben. Vielleicht ist das so, vielleicht aber auch nicht. Er hätte auf jeden Fall die Gelegenheit gehabt, in das Zimmer einzubrechen, während alle anderen unterwegs waren.«

»Bestimmt nimmt die Polizei die beiden unter die Lupe.«

»Davon gehe ich aus. Und dann ist da noch der gesuchte Duran. Möglicherweise hat er mitbekommen, dass ein Komplize von ihm hier aufgetaucht ist. Er wollte nicht teilen und hat sich Maurice Pastel vom Hals geschafft.«

»Was willst du unternehmen?«

»Zuerst rausfinden, was es mit dem Raub in Marseille auf sich hatte. Danach muss ich mich umschauen, wer in der Gegend wohnt, die dieser Pastel abgesucht hat. Einige der Bauernhöfe sind bewohnt, sagte Aurélie Benoît.«

»Wer würde dort wohnen wollen? Die meisten sind uralt und heruntergekommen. Bestimmt niemand, der auf einer fetten Beute aus einem Raubüberfall sitzt.«

»Oder gerade«, erwiderte Adeline. »Der Mann könnte darauf achten, möglichst wenig aufzufallen, bis Gras über die Sache gewachsen ist. Er wusste, wann sein Komplize entlassen wird und muss kein Genie sein, um sich auszurechnen, dass er gesucht wird. Er wird die Augen aufgehalten haben.«

»Wir sollten uns auch anschauen, wer vor einigen Jahren unerwartet zu Geld gekommen ist«, sagte Marguerite. Adeline lächelte, ihre Freundin war vom *du* zum *wir* übergegangen. Sie saß mit im Boot.

»Aurélie Benoît. Sie hat das Weingut ihres Vaters übernommen. Laut Hubert, einem ihrer Angestellten, hat sie kräftig in Land und Maschinen investiert.« Adeline lud den Browser ihres Handys und begann zu suchen. »Hier ist es. Ein Vollernter für die Weinlese. Davon hat er gesprochen.« Sie pfiff leise. »Mindestens ein sechsstelliger Betrag. Selbst wenn sie einen gebrauchten gekauft hat, kommt ein ziemliches Sümmchen zusammen. Ich frage mich, woher sie das Geld hat.«

»Dann setzen wir sie auf die Liste der Verdächtigen.«

»Es wird Zeit, die Gegend zu erkunden. Aurélie Benoît hat mich eingeladen, mir das Weingut anzusehen. Ich denke, ich schaue morgen bei ihr rein. Bei der Gelegenheit kann ich mich umsehen, wer sonst noch hier lebt.«

»Sei vorsichtig.«

»Mach dir keine Sorgen. Wem sollte es verdächtig vorkommen, wenn ich hier herumlaufe? Schließlich wohne ich jetzt hier in der Bégude. Ich nehme die Kamera mit, dann habe ich die glaubhafte Ausrede, dass ich Bilder für meine Artikel brauche.«

»Soll ich nicht besser mitkommen?«

»Nein. Allein errege ich weniger Aufmerksamkeit.«

Lieutenant Gaudry trat in diesem Moment durch das Tor. Ihre Blicke trafen sich und die Polizistin nickte ihr zu, nicht allzu freundlich, aber lange nicht so herablassend wie ihr Chef.

Ein dunkler Van fuhr durch das äußere Tor und die Polizistin ging ihm entgegen. Die Spurensicherung aus Nîmes war eingetroffen. Im Gegensatz zur Police municipale behandelte die Kriminalpolizei den Fall wie ein mögliches Verbrechen.

In Gedanken begann Adeline den nächsten Artikel zu formulieren. Es würde Capitaine Rousseau nicht gefallen, dass sie auf eigene Faust Nachforschungen anstellte, auf seine Vorbehalte konnte sie jedoch keine Rücksicht nehmen.

Château Benoît

Adeline fuhr am nächsten Morgen entlang des geteerten Feldwegs, der am Weingut von Aurélie Benoît, das hinter den Feldern bereits zu sehen war, endete. Am Wegrand lag ein altes und kleines Steinhaus, an dessen Fassade ein ausladender, blauer Hortensienbusch wuchs. Sie erkannte Hubert, der sich mit den Unterarmen auf die Natursteinmauer stützte. Ein Metallbecher stand zwischen seinen von der Sonne gebräunten Händen und seine dunklen Augen suchten den Blickkontakt mit ihr. Eine Gelassenheit, die Adeline bewunderte, umgab ihn an diesem klaren Morgen. Sie winkte und hielt neben dem Gartentor an.

»Bonjour Hubert«, begrüßte sie den Vorarbeiter und es fiel ihr auf, dass sie seinen Nachnamen nicht kannte. Sie konnte sich nicht daran erinnern, dass er oder Aurélie ihn irgendwann benutzt hatten. Genau wie er sie nicht Mademoiselle Benoît nannte, sondern ebenfalls mit ihrem Vornamen ansprach.

»Bonjour Adeline, schon so früh unterwegs? In deinem Alter lag ich um diese Zeit noch im Bett.« Er lächelte, als würde er sich gerne daran erinnern.

»Ich bin auf dem Weg zum Gut. Aurélie Benoît hat mir zugesagt, dass ich mich umschauen und ein paar Fotos schießen darf.«

»Für einen deiner Artikel, nehme ich an.«

»Genau. Für die erfolgreichen Unternehmerinnen der Gegend interessieren sich die Leute. Vor allem, wenn es um Wein geht. Da glaubt jeder, mitreden zu können.«

»Das stimmt wohl«, sagte er. »Allerdings ist das Trinken deutlich angenehmer als das Anbauen und Keltern.«

»Sie hat das Weingut in ein Juwel verwandelt. Jedenfalls höre ich das oft.«

»Stimmt. Aurélie besitzt ein Händchen für Wein, vor allem aber fürs Geschäft. Heutzutage muss man sich mit beidem auskennen, wenn man erfolgreich sein will.«

»Etwas Werbung ist auch nicht zu verachten.«

»Ist denn der Unfall des Urlaubers schon abgehandelt?« Ein Hauch von Spott lag in seiner Stimme. Besondere Wertschätzung schien er für Journalisten nicht zu hegen. Vielleicht hielt er sie auch für zu jung und unerfahren, um sie ernst zu nehmen. Sie schätzte Hubert auf Ende fünfzig. Die drahtigen Muskeln an seinen Unterarmen und die Schwielen an seinen Händen verrieten ihr, dass er für sein Auskommen schon immer hart gearbeitet hatte.

»Noch sind die Ermittlungen nicht abgeschlossen. Gestern sind zwei Kriminalpolizisten aus Nîmes in Beauregard angekommen, die den Tod des Mannes näher untersuchen wollen.«

»Ich dachte, es wäre ein Unfall. Jedenfalls hat Passard das behauptet.« Er richtete sich auf. Der spöttische Ausdruck verschwand und machte Neugierde Platz.

»Damit wird er wohl auch richtig liegen, aber es gibt einige offene Fragen«, erwiderte Adeline, obwohl sie anderer Meinung war. »Der Fremde soll gerade erst aus dem Gefängnis entlassen worden sein, habe ich gehört.« Sie wollte auf den Busch klopfen und war gespannt auf seine Reaktion.

»Aus dem Gefängnis«, wiederholte Hubert langsam, als müsste er die Information überdenken, bevor er seine Meinung preisgab. »Und dann hat er nichts Besseres zu tun, als Urlaub in Beauregard zu machen?«

»Er war an einem Raubüberfall in Marseille beteiligt.«

»Marseille ist ein Drecksloch«, sagte der Mann und spuckte zur Bekräftigung auf den Boden. »Lauter Verbrecher und Drogenhändler. Wer Verstand hat, hält sich davon fern.«

»Hier ist es friedlicher«, stimmte Adeline ihm zu. *Auch wenn wir gerade erst einen Toten gefunden haben.*

»Ich muss meine Fische füttern, dann kann ich dich zum Gut begleiten und eine Weile herumführen, bis Aurélie Zeit hat.«

»Das hört sich klasse an.« Vielleicht fiel Hubert doch noch etwas zu diesem Charles Duran ein, den der Fremde gesucht hatte.

Er betrachtete sie nachdenklich und abschätzend. »Eine Weinprobe wäre auch drin, aber nicht zu viel, schließlich musst du später mit dem Moped nach Hause.«

»Ist ja nur ein kurzes Stück, das ich problemlos zu Fuß gehen kann, falls es mir zu gut schmeckt«, sagte sie und schenkte ihm ein Lächeln, das er erwiderte.

»Einen Kaffee, während ich mich um die Fische kümmere?«

»Gerne.« Sie stieg ab und ging durch das Gartentor. Vielleicht konnte sie noch etwas Nützliches von ihm erfahren. Außerdem war sie neugierig, wie es in dem Haus aussah.

»Ist ein altes Häuschen und nichts Besonderes, aber für mich reicht es«, sagte er, als hätte er ihre Gedanken erraten.

Das Wohnzimmer war klein und düster, was an den schmalen Fenstern und dem dichten Hortensienbusch davor lag, doch unerwartet ordentlich. Die Kissen auf dem samtbezogenen Sofa waren perfekt ausgerichtet und nirgends lag ein Krümel Staub. Er musste gerade erst aufgeräumt und durchgefegt haben. Hubert stellte eine Tasse vor sie und ging danach zu einem Aquarium, das auf einer Kommode an der Wand stand. Vorsichtig klopfte er an die Glasscheibe bevor er aus einer Dose Futter ins Wasser schüttete. Augenblicklich kamen kleine, aber umso buntere Fische angeschossen, die sich auf die Flocken stürzten, die langsam hinunter sanken.

»Lasst es euch schmecken«, murmelte Hubert. »Heute Abend gibt es mehr.«

»Es sind schöne Fische«, sagte Adeline.

»Ja. Meine Lieblinge.« Er schraubte die Dose zu und stellte sie zurück ins Regal. »Wenn ich abends hier sitze, erzähle ich ihnen von meinem Tag. Sie sind gute Zuhörer. Was bleibt ihnen auch übrig?«

Adeline sah sich um. Sie konnte weder einen Fernseher noch einen Computer entdecken, selbst ein Radio fehlte. Der Mann lebte genügsam. *Kein Wunder, dass er mit seinen Fischen spricht.*

»Das Aquarium sieht sehr gepflegt aus.« Ein künstlicher Berg, der seitlich beleuchtet wurde, ragte fast bis zur Oberfläche und aus einer Schatzkiste zwischen den Wasserpflanzen, die auf dem kiesigen Grund wuchsen, blubberten Blasen in die Höhe. Schnecken krochen entlang der Glaswände und ein Putzerfisch schwebte über dem Kies.

»Das Aquarium ist das Wertvollste in diesem Haus«, sagte er und steckte ein paar Arbeitshandschuhe ein, die auf dem Tisch lagen. »Das war's. Lass uns gehen.«

Adeline folgte ihm nach draußen. Hubert nahm das Quad, auf dem sie ihn gestern gesehen hatte, und sie fuhr mit ihrer Vespa hinter ihm her.

Zu Adelines Überraschung fand sie Capitaine Rousseau und Lieutenant Gaudry auf dem Weingut. Die beiden unterhielten sich mit Aurélie Benoît, die in Richtung des Quads zeigte, als Hubert auf den Hof fuhr und vor der Scheune parkte. Adeline stellte den Roller daneben und Aurélie winkte sie zu sich.

»Bonjour. Was gibt es?«, fragte Hubert seine Chefin. Die Polizisten ignorierte er.

»Die Polizei hat Fragen«, sagte sie und schaute auffordernd Capitaine Rousseau an. Sie überließ ihm die Erklärung, wieso er hier war.

»Wegen des Toten?« Hubert zuckte mit den Schultern. »Den habe ich zum ersten Mal gesehen, als er auf meinem Anhänger lag. Mehr kann ich darüber nicht sagen.«

»Sind Sie sicher, dass er Ihnen nicht bereits vorher aufgefallen ist?«, fragte Capitaine Rousseau.

»Ist er nicht. So einen Kerl hätte ich bemerkt. Ein echter Riese, schwer zu übersehen. Es waren drei Leute nötig, um ihn auf den Anhänger zu bekommen. Wir sind ganz schön ins Schwitzen geraten.«

»Der Mann hat seit einigen Tagen die Gegend erkundet. Es würde mich wundern, wenn er nicht am Weingut vorbeigekommen wäre.«

»Bei mir hat er sich jedenfalls nicht vorgestellt. Ansonsten bin ich am Arbeiten und kann nicht die ganze Zeit durch die Gegend schauen, ob irgendwo wer rumläuft oder sich an den Trauben vergreift.«

»Das kann ich verstehen«, sagte Rousseau in einem Ton, der seinen Worten widersprach. »Und was ist mit dem hier?« Er reichte Hubert ein Foto, dass der Mann ohne besondere Aufmerksamkeit betrachtete.

»Noch ein Toter?«

»Das wissen wir nicht, aber er wird vermisst.«

»Von wem?«

»Von seiner Verlobten«, sagte Lieutenant Gaudry.

»Und er soll hier in der Gegend gewesen sein?«

»Von hier aus hat er sich zum letzten Mal gemeldet.«

»Dann hätte seine Verlobte ihn besser begleiten sollen. Wer weiß, vielleicht hat er eine Andere kennengelernt und ist mit ihr durchgebrannt. Manchen Menschen sollte man nicht zu sehr vertrauen.« Hubert lächelte und gab das Foto zurück. Zu Adelines Überraschung reichte Capitaine Rousseau es ihr. Sonst versuchte er, sie auszugrenzen.

»Haben Sie ihn schon mal gesehen?«

Der Polizist klang, als wüsste er die Antwort auf die Frage bereits, und wollte sehen, wie sie reagierte. Sie nahm das Foto. Der Mann auf dem Bild war höchstens Anfang dreißig, schmales Gesicht, dunkle Augen und ein kurz geschnittener Bart. Das Lächeln wirkte aufgesetzt. Wahrscheinlich hatte er für seine Freundin posieren müssen. Sie schätzte, dass er aus Nordafrika stammte.

»Tahar Djeba«, informierte Rousseau sie. »Ebenfalls aus Marseille.«

»Was für ein Zufall«, hörte sie Hubert murmeln. Seine Abneigung gegen Leute aus dieser Stadt versteckte er nicht. »Denen kann man nicht trauen.«

»Er kommt mir bekannt vor«, sagte Adeline. »Irgendwo habe ich ihn schon getroffen.« Sie kramte in ihrem Gedächtnis, bis es ihr einfiel. »In der Bégude. Er wohnte für ein paar Tage dort. Ich habe ihn beim Abendessen gesehen, mich aber nie mit ihm unterhalten. Bestimmt wissen Charlotte und Philipp mehr. Erkundigen Sie sich bei ihnen.«

»Das haben wir vor«, sagte der Polizist.

Sie reichte das Foto zurück. »Hat er irgendetwas mit dem anderen Toten zu tun?«

Rousseau und Gaudry sahen sich kurz an, dann zuckte der Capitaine mit den Schultern. Sie waren demnach zur Übereinkunft gekommen, vorerst keine Details preiszugeben. Vor allem nicht ihr gegenüber.

»Dazu können wir nichts sagen«, bestätigte der Capitaine ihre Vermutung.

»Zwei Männer. Beide kommen aus Marseille. Einer stirbt und einer verschwindet. Und das innerhalb von kurzer Zeit. Das scheint mir recht viel an Zufall zu sein«, sprach Aurélie aus, was Adeline dachte.

»Ich bin mir sicher, es wird sich aufklären. Danke für Ihre Hilfe«, beendete Capitaine Rousseau die Spekulationen und verabschiedete sich.

Hubert sah ihnen nach, bis der Wagen auf den Feldweg einbog und an seinem Häuschen vorbeifuhr.

»Wie es aussieht, gibt es einiges für eine angehende Journalistin zu tun. Sollen wir den Rundgang durch das Weingut etwas aufschieben, bis es passender ist? Bestimmt hast du jetzt spannendere Themen«, fragte Aurélie. Adeline nickte, da sie vermutete, dass die Frau momentan auch nicht gerade den Kopf frei hatte, um Zeit mit ihr zu verbringen.

»Ich komme gerne auf das Angebot zurück, sobald es hier in der Gegend wieder etwas ruhiger geworden ist.«

»Jederzeit«, versicherte Aurélie.

Adeline verabschiedete sich und ging zu ihrem Roller. Die Frau hatte recht, sie hatte den Kopf nicht frei für einen Rundgang durch das Weingut. Ihre Gedanken kreisten um die beiden Männer. Sie wusste, dass ihr Bauchgefühl richtig war: Maurice Pastel war nicht aus Unachtsamkeit gestorben. Jemand hatte nachgeholfen und ihn über die Klippe befördert.

Adeline hielt vor dem Turm und holte ihren Laptop von dem wackeligen Campingtisch, den sie als provisorischen Schreibtisch aufgestellt hatte, bevor sie sich auf die Suche nach Marguerite machte, die heute erst am Nachmittag die Bibliothek öffnen musste. Sie fand ihre Freundin an einem der kleinen Tische im Schatten des Feigenbaums im Innenhof. Vor ihr stand ein Teller mit zwei Croissants und eine randvolle Tasse Café au Lait. Ihr typisches Frühstück. Von den übrigen Bewohnern der Bégude und den Pensionsgästen war nichts zu sehen. Ein Tourist wurde vermisst, einer der Gäste war tot, und den beiden, die noch hier wohnten, traute sie nicht über den Weg.

»Bonjour«, begrüßte Marguerite sie. »War die rasende Reporterin bereits unterwegs?«

»Auf dem Weingut der Benoîts. Du wirst nicht glauben, was ich mitbekommen habe.« Sie ließ sich auf einen der Stühle fallen und sah ihre Freundin erwartungsvoll an.

»Du hast herausgefunden, dass ein weiterer Gast der Bégude seit fast zwei Wochen vermisst wird«, erwiderte sie. Während Adeline sie erstaunt ansah, griff sie nach der Tasse und nippte an dem Kaffee. Ein leichtes Grinsen zog ihre Mundwinkel auseinander. Marguerite genoss die Verblüffung ihrer Freundin.

»Woher weißt du das?«

»Capitaine Rousseau war vor ein paar Minuten hier und hat das Bild herumgezeigt. Natürlich habe ich den Mann erkannt, genau wie Charlotte. Er ist eben erst weggefahren, du hast ihn knapp verpasst.«

»Was für ein Pech«, murmelte Adeline und seufzte theatralisch.

»Kein Grund, sarkastisch zu werden.«

»Eigentlich schon. Der Mann kann mich nicht ausstehen und versucht, mich mit seiner arroganten Art einzuschüchtern. Ich muss zugeben, er macht einen wirklich ausgezeichneten Job. Wen wundert es, wenn ich ihm lieber aus dem Weg gehe?«

Marguerite kramte in der Hosentasche, zog ein gefaltetes, gelbes Post-it heraus und reichte es Adeline. »Die E-Mail-Adresse von diesem Tahar Djeba. Und die von unserem Toten: Monsieur Pastel.«

»Woher hast du die?«, fragte Adeline.

»Damit haben die beiden ihre Zimmer reserviert.«

»Klar.« Sie nickte. Darauf hätte sie selbst kommen können.

»Was hast du vor?«, fragte Marguerite.

»Na was wohl? Einen neuen Artikel schreiben. Es gibt viel zu berichten.«

»Fang an, Videos zu drehen. Damit verdient man mehr Geld als mit Text und ein paar Fotos. Die Leute schauen sich lieber Filme an, als einen langen Artikel zu lesen. Das ist interessanter und weniger anstrengend.«

»Boah«, seufzte sie. »Ich sehe fürchterlich auf Videos aus und meine Stimme ist total piepsig. Damit mache ich mich höchstens lächerlich.« Allein die Vorstellung, vor einer Kamera zu stehen, ließ ihren Puls in die Höhe schnellen.

»Blödsinn«, unterbrach Marguerite harsch Adelines Gejammer. »So einen Quatsch will ich nicht mehr hören. Du bist attraktiv und deine Stimme ist vollkommen in Ordnung. Die Leute werden die Aufnahmen gerne sehen wollen. Also nimm gefälligst die Kamera und ein Stativ mit, wenn du wieder auf Mörderjagd bist.«

»Einem Mörder will ich überhaupt nicht begegnen, außer er sitzt in Handschellen im Gefängnis.« Ein Mensch war in der Nähe der Bégude ums Leben gekommen, die Wahrscheinlichkeit, dass sie den Täter kannte oder ihm schon einmal über den Weg gelaufen war, war hoch. Rasch schaute sie sich im Innenhof um und fühlte sich erleichtert, dass sie noch immer allein waren.

»Was ist der nächste Schritt?«, drängte Marguerite. »Ich muss um drei in der Bibliothek sein, bis dahin sollte unsere Strategie, wie wir vorgehen, stehen.«

»Ich habe nur vor, über die Vorfälle zu berichten, die Jagd nach einem gefährlichen Mörder überlasse ich nur zu gerne Capitaine Rousseau. Das ist schließlich sein Job.« Sie wusste aus eigener Erfahrung, wie leicht man unschuldig in Verdacht geraten konnte. Das war ihr beim Mord im Château de Beauregard passiert. Daher wollte sie auf jeden Fall vermeiden, weitere Aufmerksamkeit der Polizei auf sich zu ziehen.

»Aber sicher«, stimmte ihr Marguerite halbherzig zu. »Wir werden nur recherchieren, und wenn wir etwas Interessantes finden, schreibst du darüber.«

Adeline klappte den Laptop auf. »Zuerst will ich mir einen möglichst guten Überblick verschaffen. Sowohl über die Opfer, als auch über den Raubüberfall in Marseille.« Sie beugte sich vor und senkte die Stimme. »Ich traue den anderen Gästen nicht. Einen habe ich am Abend seines Todes mit diesem Pastel streiten sehen, und der mit dem spitzen Gesicht ist mir unheimlich. Der macht mir eine Gänsehaut, wenn er mich ansieht. Ich bin froh, dass die zwei nicht hier sind.«

»Keine Angst, die sind ausgeflogen. Die beiden haben zeitig gefrühstückt. Einer ist zu Fuß unterwegs und der andere ist mit dem Wagen losgefahren. Er wollte nach Avignon. Jedenfalls hat er sich bei mir erkundigt, was man dort unbedingt gesehen haben sollte.«

»Gut. Dann sind wir ungestört.« Sie richtete sich auf und rückte den Stuhl näher an den Tisch. Der Laptop fuhr hoch und als erstes sah sie nach ihrem Nachrichtenkanal. Erstaunt pfiff sie leise. Seit gestern hatte sie mehrere Dutzend Abonnenten gewonnen und viele Leute, die den Artikel gelesen hatten. *So kann es weitergehen.*

»Was?«

»Die Leute fangen an, sich für meine Arbeit zu interessieren. Ich habe fast die ersten hundert Abonnenten.« Adeline lächelte. »Bestimmt lauter Gäste aus dem Café Fleur. Der Aushang hat sich gelohnt.«

»Dann kannst du auch problemlos vor die Kamera. Die Leute kennen dich doch aus dem Fleur und die Gäste mögen dich.«

»Ich versuche es«, versprach sie zögerlich.

Marguerite nickte zufrieden, biss in das Croissant und holte mit der freien Hand ihr Tablet aus der Tasche, die neben dem Tisch lag.

»Tahar Djeba«, murmelte Adeline und tippte den Namen ein. »Soweit ich weiß, verbrachte er die letzten Jahre nicht im Gefängnis. Von ihm finden wir bestimmt mehr im Internet als von Maurice Pastel.«

»Klar. Wer postet schon Selfies aus der Zelle?«

Es dauerte nicht lange und sie fand das Profil des Mannes. Meist Schnappschüsse von sich und seinen Kumpels mit teuren Autos, auf Partys oder im Fußballstadion. Wie zu erwarten gehörten sie zu den Fans von Olympique Marseille. Keine besonders ergiebige Ausbeute. Vielleicht brachten die Bilder seiner Freundin, die ihn als vermisst gemeldet hatte, sie weiter.

»Ich schaue auf ihrem Profil nach, Frauen sind meist kommunikativer«, sagte Marguerite. »Amina. Ein hübscher Name.«

»Die ehrliche und vertrauensvolle«, warf Adeline ein.

»Na ja, die Bilder sind eher freizügig und immer mit irgendwelchen Kerlen.« Marguerite rollte mit den Augen. »Auf jeden Fall ist sie häufig auf Poolpartys oder am Strand und besitzt eine ordentliche Auswahl an ziemlich knappen Bikinis. Wäre ich ihr Freund, wüsste ich nicht, wie weit ich ihr vertrauen würde.«

»Schau nach, ob du irgendeinen Hinweis auf den Vermissten findest.«

»Wenn das keine Überraschung ist.« Marguerite lachte triumphierend und reichte das Tablet über den Tisch.

Adeline legte die Fingerspitzen auf das Bild und zoomte einen Ausschnitt heraus. »Der Mann, der neben Djeba steht, ist doch unser Pastel.« Er hielt ein Glas Champagner in der Hand und prostete demjenigen zu, der das Fotos schoss. Zu gerne hätte Adeline gewusst, um wen es sich dabei handelte. Vielleicht Egmont oder Boudan.

»Das ist er«, stimmte Marguerite ihr zu.

»Demnach kannten die beiden sich.« Adeline reichte das Tablet zurück. »Das passt in meine Theorie. Die Männer waren aus dem gleichen Grund hier. Sie suchten etwas oder jemanden. Offensichtlich diesen Charles Duran, nach dem Pastel sich bei mir erkundigt hat.«

Adeline legte ein Blatt Papier und einen Stapel Post-its auf den Tisch. Auf drei schrieb sie die Namen von Djeba, Pastel und Duran, bevor sie sie auf das Blatt klebte.

»Was wissen wir von denen?«, fragte Marguerite.

»Djeba ist Anfang dreißig, also deutlich jünger als Pastel, mindestens zwanzig Jahre, aber sie verkehrten in den gleichen Kreisen. Ich lehne mich mal weit aus dem Fenster und gehe davon aus, dass er sein Geld nicht auf legale Art verdient hat«, sagte Adeline. »Es gibt ein paar Posts, in denen er sich als Gangster-Rapper darstellt. Sieht eher amateurhaft aus. Ich kann mir nicht vorstellen, dass er damit erfolgreich war.«

»Habe ich gecheckt.« Marguerite winkte ab. »Auf Spotify laufen Songs von ihm, aber er hat quasi null Aufrufe. Von den Einnahmen kann er sich keinen Espresso leisten, ganz zu schweigen von einem der Sportwagen, vor denen er sich knipsen lässt, als wären es seine eigenen.«

»Gehen wir in unseren Überlegungen einfach mal davon aus, dass er sein Leben durch kriminelle Aktivitäten finanzierte«, sagte Adeline. »Dann gehörte er möglicherweise zu der Bande, die den Raubüberfall ausgeübt hat, für den Pastel im Knast saß.«

»Da liegst du richtig«, stimmte Marguerite ihr bei. »Hier ist ein Foto von Amina, wie sie ihren Liebling von der Polizeistation abholt, und damit angibt, dass sie ihn freilassen mussten, da sie ihm nichts nachweisen konnten.« Sie hob die Hände und malte mit den Zeigefingern zwei Anführungszeichen in die Luft. »Weil er ja schließlich unschuldig war.«

»Dann kann mir niemand verbieten, zu behaupten, Tahar Djeba wäre polizeibekannt. Das macht den nächsten Artikel interessanter. Zwei Kriminelle aus Marseille kommen nach Beauregard und finden ein unschönes Ende: Einer wird vermisst und der andere stirbt bei einer Wanderung.«

»Dann steigen deine Leserzahlen deutlich.«

»Nicht einmal Passard kann weiter davon ausgehen, dass es sich um einen Unfall gehandelt hat«, sagte Adeline.

»Deswegen ist Rousseau hier. Er hat die gleichen Schlussfolgerungen gezogen, nur wird er deutlich mehr wissen als wir, schließlich hat er Zugriff auf die Datenbank der Polizei und kennt die Ergebnisse der Autopsie, falls die schon beendet ist.«

»Dafür kennen wir die Gegend und die Leute, die hier wohnen«, erwiderte Adeline. »Das gleicht seinen Vorteil wieder aus.«

Marguerite musterte sie skeptisch.

»Was ist?«, fragte Adeline.

»Du hast mir doch eben noch einen Vortrag gehalten, dass du nur über den Fall berichten, ihn aber nicht lösen willst. Das hört sich gerade anders an.«

»Ich bin eine Reporterin. Natürlich will ich darüber schreiben. Sollte ich mehr herausfinden als Capitaine Rousseau, werden meine Artikel spannender und werden häufiger gelesen. Die Journalisten der großen Zeitungen schlafen nicht. Das ist eine harte Konkurrenz.«

»Pass auf, dass du dich nicht mit den falschen Leuten anlegst. Irgendwer versteht hier überhaupt keinen Spaß und bringt Menschen um«, warnte Marguerite sie eindringlich. »Lass der Polizei den Vortritt bei den Ermittlungen und bleib aus der Schusslinie.«

»Natürlich. Ich bin ja nicht dumm«, sagte Adeline und warf so viel innere Überzeugung in den Satz, wie sie aufbringen konnte. Aber reizvoll fand sie es schon, den Täter vor Capitaine Rousseau zu überführen.

»Hier ist ein Artikel über den Raubüberfall. Der war vor etwa acht Jahren«, sagte Marguerite. »Die Täter haben ein Juweliergeschäft ausgeraubt und ein paar Schmuckstücke und einen Haufen ungeschliffene Diamanten geraubt, die nie wieder aufgetaucht sind. Insgesamt im Wert von mehreren Millionen Euro. Laut Polizei haben drei bewaffnete Männer, die brutal vorgingen, den Raub ausgeführt, einer wartete draußen und fuhr den Fluchtwagen.«

»Pastel und Duran waren bestimmt im Geschäft«, vermutete Adeline. »Den Fotos nach steht Djeba auf schnelle Autos. Wahrscheinlich hat er den Wagen gefahren. Dann fehlt uns nur noch einer.«

»Nachdem Pastel aus dem Gefängnis kam, wollte er seinen Anteil. Ob er annahm, dass dieser Duran die Beute unter der Matratze liegen hat und nur darauf wartet, sie mit seinen ehemaligen Komplizen zu teilen? Wie es aussieht, hat er sich mächtig getäuscht.«

»Vielleicht wollte er auch gar nicht teilen, sondern ging davon aus, dass die Jahre im Knast die gesamte Beute wert waren, immerhin hat er niemanden verpfiffen«, spekulierte Marguerite. Sie legte das Tablet zur Seite, nahm die Tasse mit dem Café au Lait in beide Hände und lehnte sich im Stuhl zurück. Nachdenklich nippte sie am Kaffee. »Wenn du so viel Geld hättest, würdest du dann in irgendeinem alten Bauernhof in der Umgebung von Beauregard leben?«

»Die meisten würde es wohl eher an die Côte d'Azur ziehen, wo sie die Beute verprassen und dementsprechend rasch von der Polizei geschnappt werden. Unser Mann ist schlau genug, das nicht zu tun, sondern in Deckung zu bleiben, bis der Raub in Vergessenheit gerät. Die Versicherung hat bereits gezahlt und die Polizei hat den Fall bestimmt schon vor Jahren zu den Akten gelegt.«

»Ich würde mir mit so viel Geld eine eigene Bibliothek leisten, in die nur Bücher kommen, die ich liebe«, sagte Marguerite versonnen.

»Das hast du doch schon«, erwiderte Adeline. »Du bist Bibliothekarin und besorgst alle Bücher für den Bestand. Niemand redet dir rein, wie du den Laden am Laufen hältst.«

»Aber dann würde ich nur neue Bücher kaufen, statt Flohmärkte und Wohnungsauflösungen abzuklappern. Was für ein Luxus.« Sie seufzte leise.

»Damit würdest du wahrscheinlich durchkommen. Wer verdächtigt schon eine bibliophile Frau, waffenschwingend Juweliergeschäfte auszurauben, nur um noch mehr Bücher horten zu können?«, scherzte Adeline und ihre Freundin lachte.

»Wir sind ein Stück weitergekommen, aber was stellen wir mit unserem Wissen an?«, fragte Marguerite.

»Ich mache heute Nachmittag einen ausgedehnten Spaziergang und schaue mich etwas nach diesem Duran um. Wenn er sich hier verkrochen hat, gibt es nicht allzu viele Möglichkeiten.«

»Pass auf dich auch, sonst endest du wie Pastel am Fuß einer Klippe mit einem ekligen Loch im Hinterkopf.«

»Ich lebe hier und mache eine Reportage über das Landleben, wer sollte mir das nicht abnehmen?«

»Jeder, der deine Artikel liest, also mehr oder weniger ganz Beauregard«, erwiderte Marguerite.

»Ich wünschte, das wäre so, dann hätte ich bessere Einnahmen.« Sie drehte den Kopf zur Tür des Haupthauses. »Außerdem gehe ich nicht allein. Ich nehme einen Beschützer mit.« Sie zeigte auf Voltaire, der sich auf seiner Decke im Schatten eingerollt hatte und schlief, nur die Ohren zuckten hin und wieder. Langsam gewöhnte sie sich an den Hund, vor dem sie zuerst etwas Angst gehabt hatte. »Falls Charlotte ihn mir ausleiht.«

»Sie ist froh, wenn er ihr aus den Beinen ist und ordentlich Auslauf bekommt.« Sie warf dem Tier einen skeptischen Blick zu. »Ich würde nicht allzu viel Vertrauen darauf setzen, dass er dich beschützt. Voltaire ist ein lausiger Wachhund. Für einen Knochen oder eine Wurst hilft er Einbrechern, ihre Beute rauszutragen.«

»Mich mag er.«

»Nimm dein Handy mit und ruf mich an, sobald du irgendetwas Verdächtiges bemerkst,« verlangte Marguerite.

»Dann schließt du die Bücherei und kommst auf dem Fahrrad zu mir gerast?« Adeline klang skeptisch.

»Auf jeden Fall, schließlich bist du meine beste Freundin«, erwiderte Marguerite und grinste fröhlich.

»Hoffen wir, es kommt nicht dazu, dass ich Hilfe brauche.«

Mit Voltaire hat sie recht, der Hund ist nicht der mutigste. *Aber wenigstens leistet er mir Gesellschaft und ich kann vorgeben, wegen ihm unterwegs zu sein.*

Ein unerwarteter Fund

Adeline setzte sich in den Schatten einer teilweise eingestürzten Trockenmauer, die ein Feld mit Olivenbäumen begrenzte. Voltaire lag neben ihr auf dem Boden und hechelte. Es war heiß und am Himmel war keine Wolke zu entdecken. Sie kramte eine Wasserflasche und einen Metallnapf aus dem Rucksack. In der drückenden Hitze konnten sie beide einen Schluck Wasser gut gebrauchen. Sie schüttete die Hälfte in den Napf, auf den der Dobermann sich sofort stürzte, und trank den Rest aus der Flasche in einem Zug. Aus einer Tube drückte sie Sonnencreme auf ihre Haut und verrieb sie. Adeline war eher blass und die Sonne knallte unerbittlich herab. Wenn sie nicht aufpasste, würde sie heute Abend leuchten wie ein frisch gekochter Hummer. Sie rückte die Mütze zurecht und lehnte den Kopf müde zurück, bis er die Mauer berührte. Vögel zwitscherten in den Ästen und Libellen schossen zwischen den Olivenbäumen umher. Für eine Weile wollte sie den Schatten und die Ruhe genießen.

In den letzten Stunden hatten sie die Gegend abgesucht. Ihr erster Weg hatte sie zu der Klippe geführt, von der Maurice Pastel gestürzt war. Sie hatte einige Videos mit der kleinen Action-Kamera gedreht und sich die Umgebung genauer angesehen, doch nichts gefunden, das sie weitergebracht hätte. Danach war sie aufgebrochen, die Gegend nach dem Unterschlupf von Charles Duran abzusuchen, was leider auch keine neuen Erkenntnisse gebracht hatte. Die meisten der alten Bauernhäuser, die in den Feldern verteilt standen, waren in einem erbärmlichen Zustand und nicht bewohnbar. An einem hatte sie Bauarbeiter getroffen, die das Haus abrissen, um die Steine für Reparaturarbeiten zu verwenden. In ein anderes war eine Familie eingezogen, die ihr zu verstehen gegeben hatte, rasch wieder zu verschwinden. Adeline vermutete, sie wollten kein Aufsehen erregen, da sie den Bauernhof illegal bezogen hatten. Die Hippie-Kommune, die dabei war, ein altes Bauernhaus instand zu setzen, hatte sie freundlicher aufgenommen, aber es stellte ebenfalls eine Sackgasse dar, nirgends war sie auf eine Spur von Charles Duran gestoßen. Doch er musste hier irgendwo leben, sonst wäre Maurice Pastel, der ihn suchte, nichts zugestoßen.

Sie dachte kurz an Sébastien. Nette Gesellschaft während der Wanderung wäre schön gewesen. Sie hatte daran gedacht, aber ihn nicht gefragt, da er wahrscheinlich arbeiten musste. Vielleicht sollte sie ihn anrufen und über die Vorkommnisse des Tages und ihre Reportagen zu reden. Sie schätzte seine Meinung und seine ruhige Art.

»Machen wir uns wieder auf den Weg nach Hause«, sagte sie zu dem Hund und setzte die Sonnenbrille auf. »Für heute habe ich genug.« Sie zupfte an dem verschwitzten T-Shirt und gähnte laut. Sie hatte eine ordentliche Strecke zurückgelegt und die Muskeln in Beinen und Rücken begannen zu schmerzen. Sie bereute es, auf Marguerite gehört und die gesamte Kameraausrüstung und ein Stativ mitgenommen zu haben. Sie freute sich auf eine kalte Dusche oder ein Bad in der Gardon, bevor sie am Turm weiterarbeiten würde. Philippe hatte ihr einen alten, aber stabilen Schreibtisch versprochen, auf dem sie ihren Arbeitsplatz einrichten konnte. Das würde ihr helfen. Der Campingtisch stellte nur eine Übergangslösung dar.

Adeline stützte sich mit einer Hand auf das vertrocknete Gras und stand auf. „Komm schon“, sagte sie zu Voltaire, der sich bestimmt freute, ein ausgedehntes Mittagsschläfchen halten zu können.

Zwischen dem Weingut und der Bégude hielt der Hund an und schaute in Richtung einer heruntergekommenen Scheune, deren Dach bereits zur Hälfte eingestürzt war.

»Da wohnt niemand«, sagte Adeline und ging einige Schritte den Weg entlang, doch er folgte ihr nicht, sondern blickte weiter zur Scheune.

»Was ist? Hast du einen Hasen entdeckt oder einen Fasan?« Sie kam zurück und strich ihm über das Fell, aber er beachtete sie nicht. Etwas fesselte seine Aufmerksamkeit.

»Daheim gibt es was zum Futtern, also komm mit.« Statt auf sie zu hören, trabte er in Richtung der Scheune.

»Voltaire«, rief sie, aber er ignorierte sie. *Ohne ihn kann ich nicht nach Hause gehen. Was soll ich Philippe sagen? Dass ich seinen Hund verloren habe, den er auch nur zur Pflege hat?* Leise fluchend marschierte sie hinter ihm her, doch er war zu schnell, um ihn einzuholen, bevor er die Ruine erreicht hatte. Beim nächsten Mal würde sie eine Leine mitnehmen.

Er kratzte mit einer Pfote an dem Holztor und bellte es an.

»Ist da was drin?« Adeline wurde neugierig und trat an das Tor. Durch einen der fingerbreiten Risse im Holz konnte sie hineinsehen. Im Inneren lagen Teile des Dachs, auf denen Gras wuchs, und einige rostige Geräte, die der Besitzer zurückgelassen hatte. In einem Pferch, in dem wohl früher Schafe oder Ziegen gehalten worden waren, stand ein Auto, das mit einer Plane abgedeckt war. Nur die Reifen schauten darunter hervor. Voltaire trat etwas zurück und knurrte feindselig.

»Schon gut. Ich schaue nach, was drinnen ist.«

Das Tor war mit einem Vorhängeschloss gesichert, das sehr neu und stabil aussah, was sie wunderte. Was konnte es in der Ruine geben, das irgendwer stehlen wollte? Ein altes Auto, das wahrscheinlich nicht mehr ansprang? Vielleicht sollte es auch nur Kinder davon abhalten, in der einsturzgefährdeten Scheune zu spielen. Sie zog an dem Tor, doch es bewegte sich nur einige Zentimeter. Zu wenig, um sich hindurchzuzwängen. Hier kam sie nicht hinein.

Adeline ging um die Scheune herum und blieb vor einer Holzbank im Schatten einer Eiche stehen. *Das sollte funktionieren.* Sie stieg vorsichtig auf die Bank. Sie knirschte, aber sie hielt. Erleichtert trat sie auf die Rückenlehne, fasste auf die Oberseite der Mauer und zog sich hoch. Durch das Loch in dem Dach konnte sie ins Innere sehen, doch der Blick auf den Wagen war von einem Haufen Gerümpel und einer Bretterwand versperrt. An der gegenüberliegenden Seite lehnte eine alte Holzleiter gegen die Wand. Damit sollte sie es zurück ins Freie schaffen, falls sie nicht zu morsch war und unter ihrem Gewicht zusammenbrach. Ohne weiter nachzudenken, kletterte sie hinunter. Den letzten Meter ließ sie sich fallen und landete mit den Füßen auf dem Schutt des Dachs. Knarrend gab es unter ihr nach und Adeline wedelte mit den Armen, um ihr Gleichgewicht zu halten. Es raschelte leise, als einige Mäuse in ihre Verstecke huschten. Mit einer Hand wischte sie Spinnweben und Schmutz von ihrem T-Shirt. Sie ging zu dem Wagen und bemerkte Reifenspuren in dem staubigen Boden. Das Auto konnte demnach noch nicht lange hier stehen, sonst hätte Regen sie verwischt. *Wahrscheinlich ist er genauso alt und heruntergekommen wie die Scheune.* Draußen bellte Voltaire erneut und kratzte am Tor. Er musste sie gehört haben und versuchte nun, zu ihr zu kommen.

»Alles in Ordnung«, rief sie, um den Hund zu beruhigen, was ihn nicht daran hinderte, weiter zu bellen.

Sie trat zu dem Wagen, fasste ein Ende der Plane und zog kräftig. Eine Staubwolke flog auf, als sie zu Boden rutschte und zu ihrer Überraschung einen neuen BMW freigab. Mehr als die Marke kannte sie nicht, doch es war einer dieser schnittigen Sportwagen für zwei Leute. *Bestimmt kann man das Verdeck einklappen und hat ein Cabrio. Aber wieso stellt man ein so teures Auto hier ab? Doch nur, wenn jemand will, dass es von der Bildfläche verschwindet. Deswegen das Schloss an dem Tor.* Eine unheilvolle Ahnung ergriff sie und ließ sie in der Bewegung erstarren. Es musste der Wagen des Fremden sein, von diesem Tahar Djeba, der vermisst wurde. *Sei kein Feigling!* Adeline atmete tief ein und ging vorsichtig näher. Sie lauschte, doch hörte nur Voltaire. Rasch sah sie sich um. *Hier kann sich niemand verstecken, sonst wäre das Vorhängeschloss offen,* versicherte sie sich. Neben dem Wagen blieb sie stehen und sah durch das Fenster.

»Merde«, fluchte sie. Jemand saß auf dem Beifahrersitz. Jemand, der seit einiger Zeit tot war. Die Brust war zerfetzt und die Kleidung blutdurchtränkt, jedenfalls nahm sie an, dass es sich bei den Flecken um Blut handelte. Die Haut warf Blasen über dem Gesicht und sah marmoriert aus. Aus dem Mund und der Nase war eine dunkle Flüssigkeit gelaufen, die inzwischen eingetrocknet war. Ihr Magen zuckte schmerzhaft bei dem Anblick und Adeline schloss die Augen, bis er sich wieder beruhigt hatte.

»Tahar Djeba«, sagte sie leise. Sie hatte den Vermissten gefunden. Doch ihm konnte niemand mehr helfen. Ohne darüber nachzudenken, öffnete sie die Beifahrertür. Eine Wolke von Fliegen stieg augenblicklich von der Brust des Mannes auf und eine Woge süßlich-beißenden Gestanks der verwesenden Leiche schoss aus dem Wagen.

»Oh.« Sie drehte sich um und taumelte einige Schritte zur nächsten Wand. Mit einer Hand gegen die Mauer gelehnt, übergab sie sich mehrmals auf den Boden. Erst als der Magen vollkommen leer war, richtete sie sich schwer atmend auf und wischte über ihren Mund. Eine Hand presste sie vor ihre Nase, als würde es etwas gegen den Gestank helfen, mit der anderen griff sie die Leiter und zerrte sie unter das Loch im Dach. Ihre Beine zitterten, doch sie schaffte es, hinauf und auf der Außenseite wieder hinunter auf den Boden zu klettern. Auf der Bank blieb sie sitzen, bis sich ihr Herzschlag beruhigte. Mit zittrigen Fingern holte sie eine der Wasserflaschen aus dem Rucksack. Voltaire kam angelaufen und hockte sich vor sie, während Adeline einen tiefen Schluck nahm, den Mund ausspülte und danach auf den Boden spuckte. Mit dem Rest des Wassers wusch sie ihr Gesicht. Sie hob ihr T-Shirt, roch daran und drehte den Kopf zur Seite. *Das muss alles in die Wäsche, am besten zweimal, falls der Gestank überhaupt wieder rausgeht.*

»Wenigstens einen der Kerle haben wir gefunden.« Sie strich über Voltaires Fell. »Eigentlich hast du ihn entdeckt. Du hast eine prima Nase. Sei froh, dass du nicht da rein bist. Das stinkt widerlich.«

Es dauerte eine Weile, bis ihre Hände aufhörten, zu zittern. Sie holte das Handy heraus und rief die Polizei an. Zum Glück hatte sie nach den Ereignissen der letzten Tage die Nummer der Polizeistation auf eine Kurzwahltaste gelegt.

»Mathieu Passard«, meldete sich der Polizeichef.

»Ich bin's. Adeline.«

»Was gibt es? Wieder eine Leiche gefunden?« Der Mann lachte und im Hintergrund glaubte sie, ebenfalls das Lachen von Brigadier Morant zu hören. Sie stellte sich vor, wie die beiden sich gerade ansahen und sich gegenseitig für den gelungenen Witz applaudierten.

»Woher wissen Sie das?«, sagte sie trocken.

Abrupt brach das Lachen ab. Für einen Moment herrschte Stille.

»Du nimmst mich auf den Arm, nicht wahr?« Der Mann hörte sich schon fast bittend an, dass nicht erneut jemand in seinem Revier zu Tode gekommen war.

»Leider nein.«

Der Polizeichef seufzte so tief, dass er Adeline schon fast leidtat.

»Wer ist es dieses Mal?«, fragte er in einem fatalistischen Tonfall.

»Ich habe ihn aus guten Gründen nicht nach Papieren durchsucht, aber ich bin überzeugt, es handelt sich um den Vermissten. Diesen Tahar Djeba aus Marseille. Capitaine Rousseau hat mir ein Bild gezeigt, doch so genau ist er nicht mehr zu erkennen.« Außerdem war sie zu sehr damit beschäftigt gewesen, ihr Frühstück loszuwerden, um ihn sich länger anzusehen.

»Wo hast du ihn gefunden?«

»In einer alten, halbverfallenen Scheune zwischen dem Weingut Benoît und der Bégude.«

»Und da bist du zufällig reingestolpert?«, fragte er misstrauisch, als ob er vermutete, Adeline würde ihm mit Absicht das Leben schwer machen.

»Der Hund ist mir beim Spazierengehen abgehauen und ich musste ihn wieder einfangen, dabei habe ich einen Wagen entdeckt, in dem der Tote sitzt«, bog sie die Wahrheit leicht zurecht.

Der Chef de Police würde sie kaum dafür loben, dass sie sich auf die Suche nach einem mutmaßlichen Mörder gemacht hatte. *Einem wahren Mörder, nicht einem mutmaßlichen,* korrigierte sie sich. Das Loch in der Brust des Mannes in dem Wagen ließ keinen Zweifel daran aufkommen, wie er zu Tode gekommen war.

»Dieses Mal war es definitiv kein Unfall«, sagte sie.

»Wie kommst du darauf?« Der Chef de Police sprach betont langsam. Er schien es nicht eilig zu haben, zu erfahren, was geschehen war. Alles, was ihn aus seiner gewohnten und gemächlichen Routine in Beauregard riss, verabscheute Mathieu Passard.

»Wie er aussieht, ist er jemandem mit einer geladenen Schrotflinte über den Weg gelaufen. Und der Kerl mit der Waffe war auf etwas Größeres aus als auf Feldhasen.«

»Merde«, fluchte der Polizist.

»So etwas Ähnliches dachte ich auch beim Anblick des Toten.«

»Halt den Hund von der Leiche fern, bevor er die Spuren zertrampelt.«

»Kein Problem.«

»Und du bleibst ebenfalls weg, verstanden?«

»Wer schaut sich eine Leiche zweimal an, vor allem eine, die so erbärmlich stinkt«, stimmte sie ihm zu.

»Das ist vernünftig«, hörte sie den Chef de Police sagen, aber auch den misstrauischen Unterton, der in seiner Stimme lag. Offensichtlich traute er ihr nicht.

»Ich bleibe hier und passe auf, dass niemand dem Wagen nahekommt.«

»Sei vorsichtig. Wenn jemand auftaucht, spielst du nicht die Heldin, sondern verschwindest sofort.« Die Besorgnis klang echt. Instinktiv schaute sie sich um. Dass der Mörder jederzeit auftauchen könnte, war ihr nicht in den Sinn gekommen.

»Voltaire wird mich beschützen.«

»Hoffen wir, dass er das nicht tun muss.« Auch der Polizeichef hielt ihn nicht gerade für einen gefährlichen Wachhund. »Wir sind spätestens in zwanzig Minuten bei dir.«

»Alles klar.« Sie beendete das Gespräch, steckte das Handy weg, holte die Kamera aus dem Rucksack und hängte sie um ihren Hals.

»Ich bin gleich wieder da.« Sie streichelte Voltaire über den Kopf und setzte den Rucksack auf, dann stieg sie erneut auf die Bank und zog sich auf die Mauer. Mathieu Passard konnte ihr Versprechen, sich vom Wagen fernzuhalten, unmöglich ernst genommen haben. Sie war Journalistin. Natürlich würde sie sich ein wenig umschauen, aber vorsichtig, um keine Spuren zu zerstören, falls es überhaupt welche gab. Wahrscheinlich hatte der Mörder sein Opfer auf den Beifahrersitz gesetzt und war hierhergefahren, um ihn in der Scheune zu verstecken. Es war reines Glück gewesen, dass Voltaire angeschlagen hatte, sonst hätte die Leiche hier jahrelang unbemerkt liegen können.

Adeline blieb auf der Oberkante der Mauer sitzen und stellte die Füße auf die oberen Sprossen der Leiter. Von hier aus konnte sie das Innere gut übersehen. Sie schwenkte die Kamera mehrmals über den Raum, um ihn aufzunehmen. Der eklige Verwesungsgeruch wehte ihr entgegen, aber auch der Geruch von ihrem eigenen Erbrochenen. Sie würde sich nur kurz umsehen, ein paar Fotos schießen und dann wieder verschwinden. Aus dem Rucksack holte sie ein Halstuch und eine neue Flasche. Sie schüttete Wasser auf den Stoff, bis er triefend nass war, und band sich das Tuch über Mund und Nase. *Hoffentlich hilft es.* Vorsichtig kletterte sie die morsche Leiter hinab.

Achtsam, keine Spuren zu vernichten, stieg Adeline über die Reifenspuren und ging zur Beifahrerseite des Wagens, die noch offenstand. Der Kopf des Mannes lag gegen die Nackenstütze und er blickte aus toten Augen geradeaus auf die Wand. Fliegen umkreisten ihn und krabbelten auf der Haut, die sich im Gesicht von seinem Fleisch zu lösen schien. Etwas bewegte sich unter den Resten der Kleidung auf der Brust und sie wich einen Schritt zurück. Ihr Magen zuckte und sie hielt den Atem an, um sich nicht erneut zu übergeben.

»Igitt.« Würmer schlängelten sich zwischen den Fetzen seines Hemds. Mit der linken Hand presste sie das nasse Tuch fester auf ihr Gesicht. Das Wasser hielt den Gestank etwas zurück, doch es erschwerte das Atmen.

Du willst eine Reporterin sein, dann benimm dich auch so. Adeline hob die Kamera und schoss Fotos von dem Toten, der Wunde, dem Auto und dessen Nummernschild. Danach verließ sie die Scheune und setzte sich einen Steinwurf entfernt auf den Boden. Am Wegrand wuchs wilder Lavendel und sie atmete den Duft tief ein, bis sie nichts mehr von dem Gestank der verwesenden Leiche in der Nase hatte.

Adeline hatte das Stativ aufgebaut und tat, was Marguerite ihr geraten hatte: Sie filmte sich mit der Scheune im Hintergrund. Sie war gerade dabei, ihre Kommentare aufzunehmen, als sie Motorengeräusche hörte, die sich rasch näherten. Ein Blick auf das Handy zeigte, dass Passard sich beeilt hatte. Es war kaum mehr als eine Viertelstunde her, dass sie ihm den Fund gemeldet hatte. Kurz darauf tauchte der Dacia Duster des Polizeichefs zwischen den Büschen auf, gefolgt vom Wagen von Capitaine Rousseau. Sie stoppte die Aufnahme und schraubte die Kamera vom Stativ ab. Rasch öffnete sie die Kamera und tauschte die Speicherkarte gegen eine neue. Vielleicht konnte sie die Polizei aufnehmen, wie sie den Tatort untersuchten. Das würde sich auf ihrem Kanal gut machen.

»Bonjour, Adeline«, begrüßte Mathieu Passard sie. Jean-Luc, den Feldhüter, hatte er mitgebracht. Der Chef de Police sah zu ihr und schüttelte den Kopf. Entweder hatte er Mitleid mit ihr, dass sie erneut über eine Leiche gestolpert war, oder er missbilligte es, dass sie Fotos vom Tatort schoss. Damit würde er leben müssen, es gab kein Gesetz, das es ihr verbieten würde.

Der Wagen der Polizisten aus Nîmes bremste hart ab, rutschte über das Geröll des Feldwegs und blies eine Staubwolke in die Höhe. Capitaine Rousseau sprang geradezu heraus. Wie einer dieser Teufel mit einer Feder, die in eine Box gesperrt wurden.

»Sie schon wieder? Stirbt hier in diesem Nest niemand, ohne dass Sie irgendwie beteiligt sind?«

Der Polizeichef warf ihm einen missbilligenden Blick zu. Auch wenn er Capitaine Rousseau in Bezug auf Adeline wohl zustimmte, fand er es unangebracht, Beauregard abfällig als ein *Nest* zu bezeichnen. Es handelte sich um eine liebenswerte Kleinstadt, in der er aufgewachsen war und für dessen Sicherheit er verantwortlich war.

»Ich habe den Toten nur zufällig gefunden. Hätte ich weggehen und ihn liegenlassen sollen, bis ihn irgendjemand anderes findet? Etwas Dankbarkeit von der Polizei wäre angebracht, schließlich habe ich Ihre Arbeit gemacht.«

Capitaine Rousseaus Augen weiteten sich und er setzte an, sie zurechtzuweisen, doch Lieutenant Gaudry trat zwischen sie.

»Wir sind stets für die Hilfe der Bevölkerung dankbar«, sagte sie. »Aber es ist schon bemerkenswert, dass wir bei jedem Tatort in Beauregard auf Sie stoßen.«

»Ich lebe hier und komme viel herum«, erwiderte sie, als würde das ihre Anwesenheit erklären. »Ich bin mit dem Hund«, sie zeigte auf Voltaire, der im Schatten einer Trockenmauer lag, »spazieren gegangen. Charlotte ist zu schwanger und Philippe ist momentan zu beschäftigt, um sich ausgiebig um ihn zu kümmern, also helfe ich aus. Ich bin nämlich freundlich und hilfsbereit. Im Gegensatz zu manch anderen.« Sie warf beim letzten Satz Capitaine Rousseau einen abschätzigen Blick zu.

»Mit der gesamten Kameraausrüstung?«, fragte Lieutenant Gaudry.

»Natürlich verbinde ich es mit meinem Job und mache ein paar Aufnahmen von der Gegend. Wir sind bis zum Fluss gelaufen und am Pont du Gard kommt man nicht vorbei, ohne einige Fotos zu schießen.«

»Das kam Ihnen sicher auch gelegen, als Sie die Leiche gefunden haben.«

Sie zuckte mit den Schultern. »Ein paar Bilder von der Scheune, für meinen nächsten Artikel.«

»Wir brauchen die Speicherkarte«, wies Capitaine Rousseau sie in einem barschen Ton, der vor Widerspruch warnte, an.

»Ist das legal?«, fragte Adeline.

»Wir geben sie zurück, sobald der Inhalt überprüft wurde«, erwiderte Lieutenant Gaudry in einem freundlicheren Ton. »Wir wollen sicherstellen, dass keine Tatortfotos veröffentlicht werden, bis wir unser Einverständnis gegeben haben.«

»Ist es verboten, die Scheune zu fotografieren?«

»Natürlich nicht, aber bei dem Opfer eines Gewaltverbrechens sieht das ganz anders aus.«

»Falls es überhaupt ein Verbrechen war. Vielleicht ist Mademoiselle Fréchets Fantasie mit ihr durchgegangen«, warf Capitaine Rousseau ein und streckte die Hand aus. »Wir können auch die gesamte Kamera mitnehmen.«

»Schon gut.« Adeline zog die Speicherkarte heraus und reichte sie ihm. »Wann bekomme ich sie zurück? Ich kann es mir nicht leisten, etwas zu verschenken.«

»Wir melden uns«, antwortete Capitaine Rousseau knapp.

Mathieu Passard ging zum Streifenwagen, kramte im Kofferraum und kam mit einem unterarmlangen Bolzenschneider zurück.

»Da ist ein Vorhängeschloss an dem Tor. Wie bist du reingekommen?«, fragte er Adeline.

»Ich bin über die Wand geklettert, ein Teil des Dachs ist schon vor einer Weile eingestürzt.«

»Woher wussten Sie, dass sich Tahar Djeba in der Scheune befand?« Capitaine Rousseau feuerte die Frage geradezu ab.

»Voltaire hat wild gebellt und an der Tür gekratzt. Da war ich natürlich neugierig, aus welchem Grund er das tut. Normalerweise ist er eher ruhig und etwas faul.«

»Und da dachten Sie, es wäre in Ordnung, in ein fremdes Gebäude einzubrechen und sich strafbar zu machen?«

»Falls der Besitzer mich anzeigen will, kann ich das verstehen und bin bereit, die Konsequenzen zu tragen«, erwiderte sie in der Hoffnung, dass es niemanden gab, der sich für die Ruine zuständig fühlte. *Bis auf denjenigen, der den Wagen mit der Leiche abgestellt und das Vorhängeschloss angebracht hat. Aber der wird kaum zur Polizei gehen und sich über mich beschweren.*

»Wir werden sehen«, knurrte der Capitaine. »Und jetzt lassen Sie die Profis ran, damit wir *ungestört* unsere Arbeit erledigen können.« Dabei betonte er deutlich das Wort ungestört. Ein deutlicher Wink mit dem Zaunpfahl, dass sie hier unerwünscht war.

»Dann mache ich mich auf den Weg in die Bégude und stehe Ihnen nicht weiter im Weg rum.« Sie hörte selbst den beleidigten Ton in ihrer Stimme und kam sich kindisch vor. Andererseits hatte sie den Vermissten gefunden, und etwas Dankbarkeit oder Anerkennung wäre tatsächlich nicht zu viel verlangt.

»Komm morgen zur Polizeistation. Wir müssen deine Aussage zu Protokoll nehmen«, sagte Mathieu Passard.

»Ich komme im Laufe des Tages vorbei, wahrscheinlich nach meiner Schicht bei Carmen«, versprach Adeline. Sie nahm ihren Rucksack und winkte Voltaire, der aufsprang und neben ihr in Richtung der Bégude trabte. Sie steckte eine Hand in die Hosentasche und fasste nach der Speicherkarte. Capitaine Rousseau hatte die Karte verlangt, die in der Kamera gesteckt hatte. Die hatte sie ihm gegeben. Ein gewissenhafter Polizist hätte sich erkundigt, ob es eine weitere gab. Mit einem breiten Grinsen marschierte sie den Feldweg entlang, ohne sich noch einmal umzudrehen. Bis zur Bégude war es nur ein kurzer Weg und sie konnte dringend eine Dusche gebrauchen.

Adeline saß an ihrem neuen Schreibtisch, einem ehemaligen Küchentisch aus massivem Eichenholz, der wie die Bégude schon einige Jahrhunderte auf dem Buckel hatte. Philippe hatte ihn ihr geschenkt. Für seine Küche hatte er sich einen aus Edelstahl angeschafft, der leichter zu reinigen war und den Hygienerichtlinien entsprach. Jetzt, da das Geschäft mit der Pension immer besser lief, blieb ihm nichts übrig, als Geld in die Küche zu investieren.

Die Fensterläden standen offen, doch die Öffnungen waren derart schmal, dass sie eine Schreibtischlampe brauchte, um vernünftig arbeiten zu können. Bevor der Winter kam, musste sie die Fenster, die kaum mehr als rechteckige Löcher in der Wand waren, verglasen, sonst würde sie nur in einer dicken Jacke am Schreibtisch sitzen können. Eine Heizung zu organisieren, hatte sie noch nicht geschafft. *Vielleicht reicht erstmal ein Kaminofen,* dachte sie.

Ein Handtuch war um die feuchten Haare geschlungen. Sie roch an ihrem Arm und nickte zufrieden. Von dem Gestank der verwesenden Leiche war nichts zurückgeblieben oder ihre Nase hatte sich daran gewöhnt. Sie schaltete ihren Computer ein und wartete darauf, dass er sich mit dem Internet verband. Der Anschluss der Bégude war unerträglich langsam und Adeline hatte schweren Herzens eine Satellitenschüssel bestellt, um unabhängig zu sein. Ihre Nachrichten und Videos nicht ins Netz stellen zu können oder lange warten zu müssen, war nicht akzeptabel, wenn sie professionell arbeiten wollte. Es ging nicht nur darum, Nachrichten anzubieten, sondern auch darum, die Erste zu sein. Adeline war überzeugt, die Ausgabe würde sich lohnen.

Sie holte die Speicherkarte aus der Tasche und lud die Dateien auf die Festplatte des Rechners. Beim Anblick des Toten musste sie schlucken und den aufkommenden Brechreiz unterdrücken. Fast glaubte sie, den widerlichen Geruch wieder in der Nase zu haben. Gänsehaut schoss über ihre Arme, der Flaum auf ihrer Haut richtete sich auf und sie schüttelte sich vor Ekel. An solche Bilder würde sie sich nie gewöhnen. Vielleicht war Capitaine Rousseau ein derart gefühlskalter Mistkerl, weil er ständig mit Mord und Verbrechern zu tun hatte.

An die Arbeit. Das lenkt dich ab. Sie lud ein Foto von Tahar Djeba aus seinem Internet-Profil hoch und stellte es neben das Bild, das sie in der Scheune geschossen hatte. Auch wenn die Verwesung weit vorangeschritten war, handelte es sich doch eindeutig um den gleichen Mann. Ob er sich seine Zukunft so vorgestellt hatte, als er vor seinem BMW posierte und den Arm um die Hüfte seiner Freundin gelegt hatte? Eher nicht. Er, Pastel, Duran und ein oder zwei andere Kriminelle hatten den Raub verübt. Pastel war erwischt worden und verbrachte einige Jahre im Gefängnis, während Duran, wahrscheinlich mit der Beute, hier in der Gegend untergetaucht war. Wieso hatte sich Tahar Djeba allein auf die Suche nach ihm gemacht? Er war mit Abstand der Jüngste und hatte – wie sie vermutete – nur den

Fluchtwagen gefahren. Ob er sich vor den Anderen beweisen wollte? Er wäre in seinem Ansehen deutlich gestiegen, falls er Duran aufgespürt hätte. Sie schüttelte den Kopf. Am Ende hatte es ihm nur den Tod gebracht.

Es klopfte an der Tür.

»Immer herein«, rief sie und löschte die Bilder von Tahar Djeba vom Bildschirm.

Lieutenant Gaudry trat ein, nickte ihr zu und sah sich um.

»Hübsch hast du es hier. Ich darf doch du sagen, oder?«

»Natürlich. Es ist noch nicht so, wie ich es mir vorstelle, aber ich arbeite daran.«

»So wie an deinen Artikeln?«

»Die haben Vorrang vor der Inneneinrichtung«, erwiderte Adeline.

Die Frau zog einen Stuhl heran und stellte ihn seitlich neben den Schreibtisch. Von dort aus konnte sie auf den Monitor des Computers schauen.

»Sie lesen meine Artikel?«

»Selbstverständlich. Du bist eine Zeugin und ich will sehen, was du weißt, aber der Polizei verheimlichst.«

»Wieso glauben Sie, dass ich etwas verschweigen könnte?«

»Ich gehe davon aus, dass du viel tiefer in den Ermittlungen steckst, als du vorgibst, was auch verständlich ist, schließlich willst du Journalistin werden.«

Adeline nickte. Es schmeichelte ihr, dass die Polizistin sie eine Journalistin nannte.

Lieutenant Gaudry stellte ein Diktiergerät auf die Schreibtischplatte und schaltete es an.

»Ich muss dich über die heutigen Geschehnisse befragen.«

»Ich dachte, ich soll morgen zur Wache kommen?«

»Wenn ich schon hier bin, können wir es hinter uns bringen.«

»Einverstanden.« Die Stuhlbeine kratzten leise über den gepflasterten Fußboden, als Adeline ihren Stuhl in Richtung der Polizistin drehte. Mit wenigen Sätzen berichtete sie, wie sie den Leichnam gefunden hatte.

»Gibt es sonst noch etwas, das du zu Protokoll geben willst?«

Adeline schüttelte den Kopf und Lieutenant Gaudry schaltete das Diktiergerät aus.

»Und jetzt ist Schluss mit dem Blödsinn«, sagte sie unerwartet. »Glaubst du, wir wären bescheuert?«

»Würde ich nie ...«

Der Zeigefinger der Polizistin schoss hoch. »Hör auf!«, fuhr sie Adeline an, die erschrocken im Stuhl zurückwich.

»Ich habe kein Interesse daran, dich wegen Behinderung der Polizeiarbeit dranzukriegen«, sagte sie in einem versöhnlicheren Ton, »aber ich will wissen, was du herausgefunden hast, schließlich haben wir einen Mordfall zu lösen.«

»Zwei«, murmelte Adeline, die die Frau noch verblüfft anstarrte.

»Zuerst könntest du mir einen Kaffee anbieten.«

Adeline nickte, froh, aus der unangenehmen Situation fliehen zu können. Die Kaltschnäuzigkeit einer erfahrenen Journalistin im Umgang mit der Polizei fehlte ihr. Sie legte ein Kaffeepad in die Maschine, die auf dem Campingtisch stand, und schaltete sie ein. Sie betrachtete den Kaffee, der in die Tasse lief, während ihre Gedanken sich rasend darum drehten, ob sie der Frau halbwegs vertrauen konnte. *Es wird mir nichts anderes übrigbleiben, allein kann ich es mit einem skrupellosen Mörder kaum aufnehmen.*

»Na gut«, sagte sie und stellt die Tasse vor die Polizistin. »Zucker hätte ich, aber keine Milch. Mir fehlt ein Kühlschrank.«

»Ich trinke ihn schwarz. Und jetzt raus mit der Sprache«, forderte die Frau sie auf.

»Maurice Pastel habe ich mehrmals in der Bégude getroffen, was nicht verwunderlich ist, schließlich wohnte er hier. Er hat sich bei mir nach diesem Charles Duran erkundigt, den ich aber nicht kenne. Als ich ihn später darauf angesprochen habe, wurde er ungehalten. Wahrscheinlich hat er es bereut, mir gegenüber den Namen erwähnt zu haben.«

»Wir konnten niemand finden, der so heißt.«

»Am Abend vor seinem Tod hat er die Bégude verlassen. Er hatte seine Kamera und einen Rucksack dabei. Zu dem Zeitpunkt dachte ich noch, er wollte Vögel beobachten, Geier, um genau zu sein, aber Monsieur Clairon hat mir versichert, dass in dieser Gegend keine leben. Jetzt denke ich, dass er aus einem Impuls heraus einen ehemaligen Komplizen als Geier beschimpfte, der ihnen die Beute aus dem Raubüberfall gestohlen hat.«

»Was weißt du von dem Raubüberfall?«, hakte Lieutenant Gaudry nach.

»Vier oder fünf Leute haben einen Juwelier in Marseille ausgeraubt. Maurice Pastel wurde erwischt und wanderte in den Knast, die anderen konnten entkommen. Die Beute wurde nie aufgespürt.«

»Das stimmt so weit.«

»Ich gehe davon aus, dass Tahar Djeba den Fluchtwagen fuhr.« Sie dachte an die Sportwagen, mit denen er gerne auf seinem Social-Media-Profil angab.

»Nichts von dem, was ich sage, kommt in einen deiner Artikel, bis ich es dir nicht explizit erlaube. Verstanden?«

»In Ordnung. Aber alles, was ich selbst herausbekomme, veröffentliche ich.«

»Dagegen kann ich nichts sagen.«

»Also fuhr er den Fluchtwagen?«

»Wir können es nicht beweisen, aber die zuständigen Ermittler gehen davon aus. Der Mann ist ein unbedeutender Kleinkrimineller, der den Aufstieg in die obere Liga sucht.«

»Dann war er hier, um nach diesem Duran und der Beute zu suchen.«

»Möglich.« Lieutenant Gaudry hielt sich vage.

»Was sollte jemand wie er sonst hier in der Provinz wollen? Ich denke nicht, dass er an Natur oder alten römischen Bauwerken interessiert war.«

»Seine Freundin hat ihn als vermisst gemeldet, als er nichts mehr von sich hören ließ. Er hatte ihr verschwiegen, wohin er wollte. In einem Anflug von Eifersucht hat sie seine Mails durchforstet und ist auf die Reservierung in der Bégude gestoßen. Was er hier vorhatte, konnte oder wollte sie uns nicht mitteilen.«

»Aber Maurice Pastel ist hier aufgetaucht, demnach war sie bei ihm gesprächiger. Von den Fotos, die sie und Djeba gepostet haben, weiß ich, dass er und Pastel sich kannten.«

»Davon gehen wir auch aus.«

»Glauben Sie, dass noch andere aus der Bande sich in unserer Gegend rumtreiben?«, fragte Adeline.

»Wie kommst du darauf?«

»Pastel saß beim Abendessen stets mit zwei anderen Gästen zusammen. Die heißen Pierre Egmont und Jules Boudan. Egmont kommt ebenfalls aus Marseille.«

»Wir werden das überprüfen«, sagte sie rasch. Vielleicht ein wenig zu schnell. Adeline fragte sich, ob Lieutenant Gaudry ihr Informationen vorenthielt, was sie nicht überraschte.

»Am Abend seines Todes habe ich etwas Merkwürdiges bemerkt: Egmont und Pastel standen vor der Bégude. Es kam mir vor, als würden sie streiten.«

»Das soll vorkommen«, sagte Gaudry.

»Kurz vorher saßen sie friedlich am Tisch, haben gemeinsam gegessen und sich über Fußball unterhalten, wie Boudan mir erzählt hat. Wieso kam es später zu einem Streit, an einem Ort, an dem sie sich unbeobachtet fühlten?«

»Wir werden ihn dazu befragen. Deswegen sind Capitaine Rousseau und ich heute hier.«

»Danach habe ich den Mann erst wieder gesehen, als er tot am Fuß der Klippe lag.«

»Wessen Idee war es, den Weg zu nehmen?«

»Die von Monsieur Clairon. Er wollte Vögel beobachten und ich habe ihn begleitet, um einen Artikel darüber zu schreiben. Die Leute interessieren sich dafür, was in und um Beauregard vor sich geht.«

»Ist dir an der Leiche etwas aufgefallen?«

»Er lag auf dem Bauch, sein Gesicht war vom Aufprall zerkratzt, die tödliche Wunde befand sich aber an seinem Hinterkopf«, sagte Adeline. »Ich würde darauf tippen, dass er einen Schlag von hinten erhielt und danach hinunterstürzte.«

»Er kann beim Sturz gegen den Felsen geprallt sein.«

»Dann hat die Spurensicherung bestimmt Blut an der Stelle gefunden, an der er sich die Verletzung zugezogen hat.«

Lieutenant Gaudry nickte und schwieg.

»Das Batteriefach der Kamera war offen«, fuhr Adeline fort. »Das sollte eigentlich bei einem Fall nicht passieren. Daher nehme ich an, dass derjenige, der für den Sturz von Pastel verantwortlich war, die Speicherkarte herausgenommen und eingesteckt hat.«

»Es befand sich keine Karte in der Kamera«, betätigte sie Adelines Vermutung. Vielleicht hatte er seinen Mörder fotografiert und er hatte die Spuren vernichten wollen.

»Außerdem lag der Rucksack, den er am Abend noch bei sich hatte, nirgends. Der Polizeichef sagte, er wäre nicht am Tatort gefunden worden.«

»Wurde er nicht. Auch nicht in der näheren Umgebung.«

»Klare Anzeichen, dass es sich kaum um einen Unfall gehandelt haben kann.« Adeline betrachtete die Polizistin gespannt und wartete auf ihre Reaktion zu ihrer Schlussfolgerung.

»Sehr scharfsinnig beobachtet. Wir gehen ebenfalls nicht davon aus, dass Maurice Pastel gestolpert ist. Vor allem nicht, da später bei ihm eingebrochen und der Koffer entwendet wurde.«

»Was ein Glück, dass ich vorher Handtücher ins Zimmer gebracht habe, sonst wäre der Diebstahl vielleicht unbemerkt geblieben«, sagte Adeline.

»Wie hätte er seine Sachen ohne einen Koffer oder eine Tasche herbringen sollen? Natürlich wäre es aufgefallen«, bremste die Polizistin ihre Hoffnung auf ein Lob.

»Na gut.« In dem Moment fiel ihr der QR-Code ein, den sie auf der Bedienungsanleitung gefunden hatte, genau wie die handschriftliche Notiz auf der Rechnungsquittung. Sie erwähnte es nicht, bestimmt hatten die Experten der Spurensicherung es ebenfalls entdeckt. Schließlich handelte es sich bei ihnen um

Profis, die keine Ratschläge von Frauen brauchten, die ihr forensisches Wissen lediglich aus Kriminalromanen bezogen.

»Wem hast du an dem Morgen vom Leichenfund erzählt?«

»Ich habe sowohl mit Monsieur Boudan als auch mit Monsieur Egmont darüber gesprochen, danach bin ich ins Café Fleur gefahren, um meine Schicht anzutreten. Zu dem Zeitpunkt war es bereits allgemein bekannt und alle haben sich über den Fremden unterhalten.«

»Waren die beiden hier in der Bégude, während du gearbeitet hast?«

Adeline zuckte mit den Schultern. »Das kann ich nicht sagen. Fragen Sie Rose oder Charlotte.«

»Das werden wir.«

»Mehr weiß ich nicht von Monsieur Pastel.«

»Und dann hast du dich aufgemacht, heute nach dem Unterschlupf von Charles Duran zu suchen, nicht wahr?«

Adeline zuckte mit den Schultern. »Ich habe mich in der Gegend umgesehen. Das ist nicht verboten.«

»Nein, ist es nicht. Bestimmt hast du auch intensiv darüber nachgedacht, was jemand, der einen Hünen von Mann wie Pastel umbringt, mit einer jungen Frau anstellen könnte? Oder täusche ich mich?«

»Ich hatte den Dobermann, unseren Wachhund, dabei«, erwiderte sie. »Außerdem lebe ich hier. Niemand würde es merkwürdig finden, wenn ich in der Umgebung der Bégude den Hund ausführe.«

»Dass die angehende Reporterin, die den toten Pastel gefunden und Artikel darüber schreibt, in der Gegend herumschnüffelt, würde dem Mörder also nicht auffallen oder ihn gar beunruhigen? Blödsinn.« Sie beugte sich vor und musterte Adeline intensiv. »So naiv kannst du doch nicht sein, oder?«

»Ich gehe hier andauernd spazieren. Falls der Täter tatsächlich in Beauregard lebt, dann kennt er mich und wird sich kaum von mir bedroht fühlen.«

»Wahrscheinlich liest er die Artikel, um zu erkennen, wie viel du bereits herausgefunden hast. Daher brauchen wir die Liste der Abonnenten.«

»Können Sie haben, sobald Sie einen richterlichen Beschluss vorlegen. Der Datenschutz meiner Leser ist mir wichtig.«

»Den besorge ich. Das ist kein Problem«, erwiderte Gaudry selbstsicher, auch wenn Adeline daran zweifelte, dass sie den zuständigen Untersuchungsrichter überzeugen konnte, ihr die Erlaubnis zu verschaffen. Dafür war die Hoffnung, etwas aus der Liste herauslesen zu können, zu spekulativ.

Inzwischen las ein ansehnlicher Teil der Bewohner von Beauregard ihre Artikel und die Tendenz war zu ihrer Freude steigend. Aber die Beiträge wurden auch von vielen Leuten gelesen, die ihren Kanal nicht abonniert hatten. An deren Namen kam die Polizei nicht heran. *Das weiß Lieutenant Gaudry. Also ist das nur eine Schikane, um mir zu zeigen, wer am längeren Hebel sitzt. Wahrscheinlich werden sie kein Auge auf die Liste werfen, nachdem ich sie rausrücken musste.*

»Was hast du bei deinem Spaziergang bemerkt?«, kam die Polizistin zur Befragung zurück.

»Es gibt kaum bewohnte Häuser zwischen hier und dem Weingut der Benoîts. Da wohnen nur Hubert, der Vorarbeiter, eine Hippie-Kommune und ein paar Leute, die sich ein verlassenes Haus unter den Nagel gerissen haben. Niemand, von dem ich vermuten würde, dass sie bewaffnete Raubüberfälle in Marseille verüben.«

»Das sieht man den Leuten oft nicht an. Wir werden uns mit allen unterhalten.«

»Gut. Was kann ich in meinem Artikel schreiben?«

»Die Verbindung zwischen Djeba und Pastel würden wir gerne noch eine Weile unter der Decke halten, jedenfalls bis wir im Laufe des Tages eine Presseerklärung herausgeben. Ich habe dich in den Verteiler der Polizei aufgenommen.«

»Kann ich machen«, versprach sie der Polizistin. Sie würde alles vorbereiten und absenden, sobald das Schreiben der Polizei in ihrer Postbox auftauchte.

»Ich habe ein Auge auf deinen Kanal«, warnte Lieutenant Gaudry sie.

»Gut so. Lassen Sie ein Like da, wenn der nächste Artikel Ihnen gefällt.«

»Ich hoffe, er tut es«, erwiderte sie und in ihrer Stimme lag ein unmissverständlicher Unterton, dass sie sich Ärger einfangen würde, falls sie Informationen, die sie heute vertraulich erfahren hatte, herausgab. Dann stand die Polizistin auf, verabschiedete sich und verließ den Turm. Adeline saß eine Weile am Schreibtisch und dachte über das Gespräch nach. Sie hatte demnach mit ihren Vermutungen ziemlich genau ins Schwarze getroffen.

Sie erinnerte sich an die Bedienungsanleitung der Kamera, die sie in Maurice Pastels Zimmer gefunden hatte. Diese besaß die Möglichkeit, Bilder direkt nach der Aufnahme in einen Cloudspeicher hochzuladen. Jedenfalls, wenn eine Internetverbindung bestand. Mit ihrer eigenen Kamera nutzte sie das häufig. Sie fragte sich, ob Maurice Pastel diese Funktion ebenfalls genutzt hatte.

Adeline lud das Foto, das sie von dem QR-Code auf der Bedienungsanleitung geschossen hatte, scannte es ein und wurde zu einem Online-Speicher geführt. Sie hoffte, dass er seine E-Mail-Adresse, die sie von seiner Reservierung hatte, als Benutzer-ID verwendete, und tippte sie ein, doch das Programm leitete sie nicht weiter. Sie versuchte seinen Namen in allen möglichen Varianten, aber ihre Versuche waren fruchtlos. *Verdammt.* Sie besaß wahrscheinlich das Passwort, doch ihr fehlte der Benutzername. Meist war es umgekehrt. An der Stelle kam sie nicht voran. Irgendwo musste er es aufgeschrieben haben oder es war ihm derart geläufig, dass er den Benutzernamen auswendig kannte, aber so war der Zugang für sie versperrt.

Sie schob das Handy zur Seite und lud eine Aufnahme von der Scheune hoch, in der sie Tahar Djeba gefunden hatte. Marguerite hatte recht, ein Video machte sich besser als ein getippter

Artikel. Wenn sie sich ranhielt, konnte sie es noch vor dem Abendessen ins Netz stellen.

Adeline sah sich das kurze Video ein weiteres Mal an, sie hatte es inzwischen so oft gesehen, dass sie ihre Kommentare auswendig mitsprechen konnte, dann drückte sie auf *Senden.* Sie sah auf die Prozentzahlen, die stetig stiegen, bis die gesamte Aufnahme hochgeladen war. Nun blieb ihr nichts mehr übrig, als zu warten, wie es bei ihren Lesern ankam. Mit Sicherheit würde sie heute Abend häufig nachschauen, wie oft es angesehen worden war und ob die Leute aus Beauregard es mochten und vielleicht sogar mit Freunden teilten. *Oder es verreißen,* dachte sie. Morgen würde sie schlauer sein. Noch war sie zu unerfahren, um die Reaktion auf ihre Arbeit halbwegs zuverlässig einschätzen zu können. Sie nahm das Telefon und rief bei Sébastien an, der noch an der Rezeption im Château de Beauregard arbeitete. Während sie ihm von den Vorkommnissen des Tages berichtete, lud er das Video hoch und betrachtete es. Um diese Uhrzeit war es dort meistens sehr ruhig.

»Wie hat es dir gefallen?«, fragte sie und hielt für einen Augenblick die Luft an, hoffte jedoch, dass er es nicht als amateurhaft abstempelte.

»Es war klasse«, kommentierte er es zu ihrer Freude. »Du wirkst genauso hübsch wie scharfsinnig. Es wird bestimmt ein Renner, weit über Beauregard hinaus.«

»Danke«, sagte sie erleichtert und atmete tief aus. »Das bedeutet mir viel.«

»Es kommen Gäste und ich muss Schluss machen. Wenn ich es einrichten kann, darf ich dich morgen besuchen, oder bist du unterwegs?«

»Am Vormittag arbeite ich im Café, danach werde ich zu Hause sein und den Turm weiter renovieren. Ich würde mich freuen, falls du vorbeischaust.«

»Ich mich auch«, sagte er und verabschiedete sich.

Adeline fuhr den Computer herunter und streckte sich. Der Rücken schmerzte vom langen Sitzen auf dem harten Stuhl. Sobald Geld hereinkam, würde sie sich nach einem bequemeren Schreibtischstuhl umsehen, bis dahin musste der alte ausreichen. Vielleicht konnte sie irgendwo ein Sitzkissen abstauben. Adeline stand auf und reckte sich nochmals. Im gleichen Moment knurrte ihr Magen lautstark. Während der Arbeit hatte sie die Zeit außer Acht gelassen und das Abendessen verpasst. Aus einer Schublade des Schreibtisches holte sie einen Briefumschlag und steckte Geldscheine hinein, ihren Anteil an den laufenden Kosten: Strom, Wasser, vor allem aber Geld für das gemeinsame Abendessen. Die anderen Mahlzeiten musste sie sich selbst zubereiten, doch es war Tradition, dass sich die Bewohner der Bégude abends zum Essen trafen. In der Hoffnung, noch Reste in der Küche zu finden, machte sie sich auf den Weg zum Haupthaus.

»Bonsoir«, sprach sie jemand von hinten an und sie zuckte zusammen. »Entschuldigung, ich wollte Sie nicht erschrecken.« Es war Jules Boudan, der auf einer Bank saß und eine Zigarette rauchte. In der zunehmenden Dämmerung hatte sie ihn übersehen.

»Bonsoir. Normalerweise bin ich nicht so schreckhaft, aber …«

»Nachdem, was ich gehört habe, ist es nicht verwunderlich, dass Sie schreckhaft sind.«

»Und was genau haben Sie gehört?«

»Die Leute reden darüber, dass Sie eine Leiche entdeckt haben. Die zweite innerhalb von wenigen Tagen. Sie scheinen das Verbrechen anzuziehen«, sagte er und lächelte sie an.

»Das Erste stimmt, das Zweite versuche ich zu vermeiden. Niemand möchte gerne Verbrechen anziehen. Ich schon gar nicht.«

»Da haben Sie recht. Man kann rasch selbst zum Opfer werden.«

Sie glaubte, dass er das Wort *Opfer* leicht betonte. Sein Lächeln war verschwunden und sie fragte sich, ob es eine dezente Warnung gewesen war, sich nicht in Sachen einzumischen, die sie nichts angingen. *Vielleicht bin ich nur überreizt und habe mich verhört.*

»Mir wäre es lieber, nicht über tote Menschen zu stolpern.«

»Dann hätten Sie allerdings auch weniger zu berichten«, erwiderte er. »Nichts fesselt die Aufmerksamkeit der Leute mehr als die menschlichen Abgründe.«

Sie dachte kurz an die Zahl der Aufrufe ihres ersten Artikels und nickte. In dem Fall hatte der Mann recht.

»Ich würde gerne über friedlichere Dinge berichten.«

»Wirklich?«, fragte er und ein Lächeln erschien auf seinen Lippen, das zweifelsfrei ironisch war. »Wo haben Sie die Leiche entdeckt?«

»In einer Scheune, ganz in der Nähe der Bégude.« Sie zeigte vage in die Richtung, in der sie lag.

»Es hieß, der Mann hätte in einem Wagen gesessen, mit einem Einschussloch in der Brust. Das muss ein widerlicher Anblick gewesen sein, besonders nach so vielen Tagen und der Hitze.«

Ihr Magen krampfte sich zusammen, als sie sich an den Toten und den unerträglichen Gestank der Leiche erinnerte. Gänsehaut schoss erneut über ihre Arme und die Haare richteten sich auf.

»Es tut mir leid, ich wollte Ihnen nicht zu nahetreten«, entschuldigte er sich. »Aber ich bin ein großer Fan von Krimis und verschlinge alles, was mir in die Hände fällt.«

»Schon gut«, wiegelte sie ab, »schließlich schreibe ich darüber, dann können Sie mich auch fragen. Allerdings habe ich nicht mehr getan, als hinter dem Hund herzulaufen und den Toten zu finden. Mit Schussverletzungen kenne ich mich nicht aus, da müssen Sie abwarten, bis die Polizei etwas darüber verlauten lässt. Ich denke, die Leiche wird inzwischen auf einem Autopsietisch in der Rechtsmedizin in Nîmes liegen.«

Monsieur Boudan nickte zustimmend, aber auch nachdenklich.

Adeline hatte ihn mit Pastel und Egmont gesehen, und fragte sich, was die Männer miteinander verband. Von den beiden anderen wusste sie es, doch Boudan war für sie noch immer ein Rätsel. Sie würde mehr über ihn herausfinden müssen.

»Sie kannten den Toten?«, frage sie, um seine Reaktion zu beobachten.

»Diesen Djeba? So hieß er doch?« Er schüttelte den Kopf. »Woher sollte ich?«

»Er hat ebenfalls in der Bégude gewohnt.«

»Wohl eine ganze Weile vor mir, falls ich richtig informiert bin.«

»Das stimmt.«

»Es ist eine schlechte Werbung für die Pension, wenn die Gäste wegsterben«, wechselte er das Thema.

»Das ist wahr«, stimmte sie ihm zu und ihr Magen gab ein lautes Grummeln von sich. »Jetzt muss ich aber zusehen, dass ich etwas zu essen bekomme, sonst sterbe ich vor Hunger.«

»Das Abendessen war erneut hervorragend. Ich fürchte, es ist nur wenig übriggeblieben.«

»Irgendetwas werde ich schon finden. Ich bin nicht wählerisch.«

»Passen Sie gut auf sich auf.«

»Wie meinen Sie das?« Sie musterte ihn aufmerksam. Zum zweiten Mal schien er sie zu warnen oder ihr sogar zu drohen.

»Es läuft ein Mörder frei herum. Sie sollten nicht allein unterwegs sein.« Er wirkte besorgt, vielleicht interpretierte sie zu viel in seine Sätze hinein.

»Ich werde daran denken.«

Sie ließ den Mann zurück, durchquerte den Innenhof und betrat die Küche.

Marguerite räumte Geschirr in die Spülmaschine und sah hoch, als Adeline eintrat.

»Du hast das Abendessen verpasst«, sagte sie mit einem leicht vorwurfsvollen Tonfall. »Das kommt sonst nie vor.«

»Ich habe die Zeit aus den Augen verloren. Das Video musste fertig werden. Aber vielleicht gibt es noch ein paar Reste.«

»Tut mir leid.« Sie zeigte auf einen Stapel leerer Schüsseln. »Sie haben alles aufgefuttert. Ich kann dir nur ein halbes Baguette von heute Morgen anbieten.«

»Das muss dann reichen.«

Marguerite kam zu ihr, nahm sie in die Arme und drückte sie fest an sich.

»Das muss grauenhaft gewesen sein, diesen Toten zu finden.«

»Angenehm war es jedenfalls nicht.«

»Erzähl!« Marguerite ließ sie los und sah sie erwartungsvoll an. »Jedes Detail will ich hören.«

Adeline nahm das Baguette aus dem Korb und legte es auf einen Teller. Seit sie in der Bégude wohnte, besaß sie ein eigenes Fach im Kühlschrank. Sie holte Butter und Marmelade heraus und setzte sich an den Tisch. Rasch erzählte sie Marguerite von ihrem Fund. Zu ihrem Erstaunen verdarb es ihr nicht den Appetit.

»Dann ist Voltaire doch hilfreich.«

»Stimmt. Er hat die Leiche aufgespürt. Allerdings habe ich auch nach etwas Anderem gesucht, aber leider ohne Erfolg.«

»Irgendwo muss dieser Duran doch untergeschlüpft sein«, sagte Marguerite, während sie weiter Geschirr einräumte. »Vielleicht lebt er hier unter einem neuen Namen.«

»Wäre möglich«, erwiderte sie nachdenklich und biss in ihr Baguette. »Mir fehlt der Benutzername von Maurice Pastel, dann könnte ich in seinen Cloudspeicher. Falls er den Mann gefunden hat, könnten dort Fotos von ihm abgespeichert sein. Ich habe alles ausprobiert, das mir eingefallen ist – ohne Erfolg.«

»Wenn du mir das Passwort gibst, kann ich morgen noch ein paar Varianten ausprobieren. Ich sitze in der Bibliothek und habe kaum etwas zu tun, dann kann ich dir auch unter die Arme greifen. Vielleicht lande ich einen Glückstreffer.«

»Das wäre lieb. Ich schicke dir nachher alles, was ich in seinem Zimmer gefunden habe.« Adeline legte das Baguette zurück auf den Teller. »Was hältst du von Monsieur Boudan?« Sie hatte gezögert, zu fragen, da sie Marguerite nicht mit hineinziehen wollte, sollte der Mann tatsächlich gefährlich sein. Aber ihre Freundin besaß eine verlässliche Menschenkenntnis, während sie selbst im Moment eher an ihrer zweifelte. Der geheimnisvolle Duran musste in der Gegend leben und ihr schon begegnet sein, und doch hatte sie keine Ahnung, um wen es sich handeln konnte.

»Ich habe ihn nur selten gesehen und mich nie mit ihm unterhalten. Was sagt die Polizei?« Marguerite schloss die Tür des Geschirrspülers, schaltete ihn an und setzte sich zu Adeline.

»Lieutenant Gaudry hat unsere Vermutung bestätigt, dass dieser Djeba wohl den Fluchtwagen gefahren hat. Zu Egmont konnte oder wollte sie mir nichts sagen, aber ich gehe davon aus, dass er ebenfalls ein Teil der Bande war.«

»Ist doch wahrscheinlich, schließlich hast du gesehen, wie er sich mit Pastel stritt.«

»Dann ist da noch Jules Boudan. Ich habe ihn eben getroffen, als er auf der Bank saß und rauchte.«

»Zufall oder glaubst du, er hat auf dich gewartet?«

»Ist nur so ein Gefühl, aber ich vermute, er beabsichtigte mich zu treffen, um mich auszuhorchen.«

»Ein Mord in Beauregard ist ein großer Aufreger. Der Mann macht hier Urlaub, bestimmt hat er alle Highlights der Gegend abgeklappert und ihm ist nun langweilig. Es gibt einen Haufen Menschen, die dich aushorchen möchten.«

Hoffentlich ist das so. Adeline dachte an ihren Nachrichtenkanal, der noch einen Haufen Abonnenten und Leser benötigte, bis er sich finanziell trug.

»Wahrscheinlich bin ich albern, aber es kam mir vor, als wollte er mich davor warnen, mich weiter um den Fall zu kümmern.«

»Das tun doch auch Mathieu Passard und Capitaine Rousseau, selbst Charlotte ist um dich besorgt«, erwiderte Marguerite.

»Du hast ja recht«, stimmte sie ihr zu. »Aber bei denen klingt es eher so, als befürchteten sie, dass ich in Gefahr gerate, bei ihm hatte ich das Gefühl, er würde selbst dafür sorgen, dass mir etwas zustößt, wenn ich meine Nase nicht aus der Geschichte heraushalte.«

»Das würde ich ernst nehmen und es der Polizei berichten.«

»Auf keinen Fall.« Sie hob abwehrend die Hände. »Capitaine Rousseau behandelt mich schon jetzt wie ein kleines Mädchen, das sich in Dinge einmischt, die sie nichts angehen. Das wäre nur Wasser auf seine Mühlen.«

»Dann erzähl es wenigstens Mathieu Passard oder Lieutenant Gaudry.«

»Ich überlege es mir«, versprach sie ohne sonderliche Überzeugung.

Marguerite holte eine Flasche Rotwein aus einem Regal. »Die ist noch halbvoll, das sollten wir ändern.«

»Ein Schluck zur Beruhigung kann nicht schaden.«

Die beiden gingen hinaus und setzten sich zu Charlotte und Philippe in den Innenhof.

Am Tatort

Eine Stunde vor Sonnenaufgang schaltete sich Adelines Radiowecker ein und spielte die Wiederholung einer politischen Talkrunde von Wochenende ab. Sie stöhnte genervt in ihr Kopfkissen und verfluchte die Idee, derart früh aufzustehen und sich auf die Suche nach dem Rucksack zu machen, die ihr gestern Abend noch so überzeugend vorgekommen war. Es musste an dem Wein liegen, den Marguerite spendiert hatte. Sie trank selten und das eine Glas war ihr bereits in den Kopf gestiegen. Mit einem lauten Gähnen richtete sie sich auf dem Feldbett, das genauso hart wie schmal war, auf und schaltete das Radio aus.

Den Raum im Obergeschoss des Turms hatte sie zwar schmutzig, aber ohne Gerümpel vorgefunden. Nichts, womit sie mit ein paar Eimern Putzwasser und einigen Stunden Arbeit nicht fertig geworden wäre. Neben dem provisorischen Bett standen eine Nachttischlampe und ein kleines Tischchen für ihr Handy und den Wecker. Statt eines Kleiderschranks reichte ihr eine Reisetasche, aus der sie frische Wäsche holte, bevor sie in Richtung der Wendeltreppe ging, die ins Erdgeschoss führte. Der wellige Holzboden im Obergeschoss, der es dringend nötig hatte, abgeschliffen und gewachst zu werden, knarrte leise unter ihr.

Auf dem Steinboden neben dem Schreibtisch stand eine Stofftasche mit zwei Handtüchern, Waschlappen und Shampoo. Sie nahm sie und schloss die Tür auf. Noch war ihr eigenes Bad in einem fürchterlichen Zustand und es blieb ihr nichts übrig, als sich im Gemeinschaftsbad der Bégude zu waschen und umzuziehen. In der Dämmerung lief sie in ihrem Pyjama in das Haupthaus, froh darüber, niemandem zu begegnen.

Adeline verließ die Bégude mit Voltaire im Schlepptau. Vielleicht würde seine feine Nase ihr auch heute wieder helfen. Außerdem gefiel es ihr, Gesellschaft zu haben. Es war nur ein kurzer Fußmarsch bis zur Klippe, von der Maurice Pastel gestürzt war. *Von der er hinuntergeworfen wurde,* verbesserte sie sich. Niemand mit gesundem Menschenverstand konnte daran noch zweifeln.

»Platz«, forderte sie Voltaire auf, der sie mäßig interessiert ansah und weiterlief. An der Stelle, am Fuß der Klippe, an der das Blut des Toten in den Boden gesickert war, hielt er und schnüffelte einen Moment am Boden, dann legte er sich in den Schatten eines Buschs. Auf den ersten Blick erinnerte kaum noch etwas daran, dass es sich um einen Tatort handelte. Bis auf ein Stück Flatterband, das an einem Zweig hing, hatten die Kriminaltechniker den Ort sauber hinterlassen.

Dann darf ich mich hier auch umsehen. Es gab keinen Hinweis der Polizei, dass es unerwünscht oder gar verboten war. Adeline trat dicht an die Klippe und betrachtete den hellen Kalkfelsen. Nichts deutete darauf hin, dass Maurice Pastel mit dem Kopf an irgendeiner Stelle gegen den Stein geschlagen war. Sie kletterte ein Stück hinauf, doch nirgends entdeckte sie Blut. Seit seinem Tod hatte es nicht mehr geregnet, es konnte demnach nicht abgewaschen worden sein. Er musste die tödliche Wunde vor dem Sturz erhalten haben. Sie fasste nach einer Wurzel, die zwischen den Felsen aus dem Hang ragte, und zog sich weiter hinauf, bis sie die Oberkante der Klippe erreichte. Adeline stand auf und klopfte sich den Staub von der Hose und dem T-Shirt. Von hier aus hatte der Mann eine hervorragende Sicht auf die Gardon, die umliegenden Weinfelder und den Gutshof der Benoîts gehabt. Das Haus, in das die Hippie-Kommune eingezogen war, lag nur ein paar Minuten entfernt hinter einem sanften Hügel. Nur das Dach war von hier aus zu sehen. Sie schoss einige Fotos. Vielleicht fiel ihr später, wenn sie die Bilder betrachtete, etwas auf, das sie jetzt übersehen hatte. Außerdem konnte sie sie mit denen von Maurice Pastel vergleichen, sollte sie es schaffen, Zugang zu seinem Cloudspeicher zu erhalten. Irgendwo auf den Aufnahmen musste ein Hinweis liegen, der sie auf die Spur des Täters brachte.

Adeline kniete sich auf den Boden und suchte den Felsen ab. Sie drehte über ein Dutzend faustgroße Steine um, bis sie fand, wonach sie gesucht hatte: Blutspritzer. Hier war der Mann demnach angegriffen und verletzt worden. Sie richtete sich auf und sah zum Rand der Klippe. Es waren mindestens drei Meter. Maurice Pastel hatte einen tödlichen Schlag erhalten. Wahrscheinlich unerwartet, denn er hätte jemandem, dem er nicht vertraute, sicherlich nicht den Rücken zugewandt. Entweder war er halb betäubt einige Schritte vorwärts getaumelt und über die Kante gestürzt oder der Angreifer hatte ihn gestoßen. Sie vermutete, dass er nicht sofort nach dem Schlag zusammengebrochen war, sonst hätte sie erwartet, mehr Blut zu finden. Sie trat an den Rand der Klippe und sah hinab. Direkt unter ihr hatte der Tote gelegen.

Es raschelte in den Büschen hinter ihr. Adeline fuhr herum, bereit wegzulaufen, als Voltaire zwischen dem Gestrüpp auftauchte. Erleichtert hockte sie sich neben ihn und strich dem Hund übers Fell. Er musste den Wanderweg hochgelaufen sein, um sie zu suchen. *Ihm wird langweilig geworden sein und er hofft, sich etwas erbetteln zu können.* Sie hatte vorgesorgt und holte einen Hunde-Snack aus dem Rucksack, den sie ihm hinhielt.

Wohin würde jemand gehen, der hier einen Menschen umgebracht hat?, fragte sie sich. *Am ehesten in die Richtung, die der Tote beobachtet hat. Dort muss der Mörder sich irgendwo verstecken.* Ihr wurde klar, wie wahrscheinlich es war, dass sie den Täter kannte, vielleicht sogar schon mit ihm gesprochen oder ihn im Café Fleur bedient hatte. Eine Erkenntnis, die schwer zu verdauen war.

»Komm weiter.« Adeline winkte Voltaire und folgte dem schmalen Pfad, der entlang der Klippen und parallel zum Fluss verlief. Sie ging langsam, blieb häufig stehen und bückte sich, um rechts und links im Gebüsch nach dem Rucksack Ausschau zu halten. Der Mörder hatte ihn mitgenommen, sonst hätte die Polizei ihn am Tatort finden müssen, möglicherweise hatte er den Inhalt in aller Ruhe durchsucht und anschließend weggeworfen, an einem Ort, an dem selten jemand vorbeikam. Davon gab es hier jede Menge. Touristen fuhren meistens zum Pont du Gard oder verbrachten Zeit am Flussufer. Auch für die Einheimischen gab es kaum einen Grund, diesen Weg zu wählen. Dementsprechend war er an vielen Stellen derart zugewachsen, dass sie sich hindurchdrängen musste. Adelines T-Shirt war an einigen Ästen hängengeblieben und würde im Müll landen oder als Putzlappen enden.

Das Gestrüpp lichtete sich, als sie den Rand der Weinfelder erreichte. Entmutigt setzte sie sich auf einen Stein und holte Wasser für sich und Voltaire aus dem Rucksack. *Vielleicht war es eine dumme Idee,* dachte sie und trauerte dem Schlaf hinterher, den sie für die Suche geopfert hatte. Vergebens, wie es aussah.

Sie stand auf und ging einige Schritte bis zum oberen Ende des Hangs. Unter ihr lag die Gardon, die hier gemütlich in Richtung Pont du Gard floss. Ein schmaler und steiler Pfad führte am Weingut vorbei ins Tal zu einer Badestelle mit einem breiten Kiesstrand, den sie häufiger mit Marguerite besuchte. Noch lag der Fluss im Schatten. Der Strand war verwaist und kein Boot befand sich auf der Gardon. Das würde sich im Laufe des Vormittags ändern, schließlich ging es auf die Hauptsaison zu und es sollte ein heißer Tag werden.

Adeline verharrte, sie glaubte, etwas in den Ästen eines Buschs zu sehen, reckte den Hals und stellte sich auf die Zehenspitzen, um über das Buschwerk hinweg schauen zu können. *Das ist er.* Sie ballte die Hände zu Fäusten und schrie laut: »Ja.«

So rasch, wie es auf dem kiesigen und abschüssigen Untergrund möglich war, lief sie zu der Stelle, an der sie den Rucksack entdeckt hatte. Der Täter hatte ihn loswerden wollen und den Hang hinab geworfen. Um im Fluss zu landen, war die Strecke zu weit. Es hätte ihm wohl gereicht, wenn er im dichten Buschwerk des Abhangs verschwunden wäre.

»Au«, zischte sie, als ein dorniger Zweig sich an ihrem T-Shirt verfing und ihre Haut aufritzte. Vorsichtig zog sie ihn zur Seite und streckte den Arm nach dem Rucksack aus, der auf Kopfhöhe hing. Sie war sicher, dass es sich um den Rucksack handelte, den Maurice Pastel bei sich gehabt hatte. Schwarz, mit dem eingestickten weißen Logo von North Face. Sie zog kräftig an einem der Schulterriemen, bis sie ihn aus dem Geäst gezerrt hatte. Ohne ihn zu öffnen, marschierte sie bergauf zu ihrem Rastplatz, an dem Voltaire auf sie wartete.

»Dann schauen wir doch mal nach«, murmelte sie, zog ein paar Gummihandschuhe an, die sie aus dem Putzschrank der Bégude genommen hatte, und öffnete die beiden Verschlüsse. Sie leerte den Rucksack und verteilte den Inhalt auf einem Handtuch, das sich ebenfalls im Rucksack befunden hatte. Ein Fernglas, zwei Wasserflaschen, ein Notizbuch, eine in Plastik verpackte Speicherkarte für die Kamera, eine Thermoskanne, wahrscheinlich mit Kaffee, Zigaretten, ein Benzinfeuerzeug und ein Baguette mit Kochschinken. Nichts Ungewöhnliches für jemanden, der auf Beobachtungstour ging. Auf die Zigaretten hätte er besser verzichten sollen. Es hatte seit Wochen nicht geregnet. Das Buschwerk war trocken und würde brennen wie Zunder.

Sie blätterte durch das Notizbuch, doch die meisten Seiten waren leer. Auf dem letzten Blatt fand sie eine grobe Skizze der Gegend: die Bégude, das Weingut und mehrere verlassene Gehöfte dazwischen. Er hatte das gleiche Areal nach Charles Duran abgesucht, wie sie es gestern getan hatte. Wie es aussah, hatte Duran ihn entdeckt und aus dem Weg geräumt. Genau wie Tahar Djeba. Falls ihre Vermutung stimmte und Pierre Egmont ebenfalls zur Bande gehörte, sollte er aufpassen, oder sich besser aus dem Staub machen, statt sein Leben zu riskieren.

In einer Seitentasche fand sie seine Geldbörse, mit ein paar Scheinen, Kleingeld, Kreditkarten, und ein Smartphone. Selbstverständlich war es passwortgeschützt und sie hatte keine Ahnung, welchen PIN der Mann benutzt haben könnte. *Bestimmt kann die Polizei es knacken. Aber sie werden mir sicher keine Informationen geben, was sie darauf finden.*

Frustriert steckte sie es zurück in die Tasche. Ein zerknitterter Zettel fiel auf den Boden und Adeline hob ihn auf. Es handelte sich um eine Telefonnummer und eine E-Mail-Adresse:

MP001@Gmail.com. Sie vermutete, dass MP für Maurice Pastel stand. Das Smartphone sah neu aus, das Sicherheitsglas zeigte nicht den kleinsten Kratzer oder Risse. Vielleicht war es seine eigene Nummer, die er sich aufgeschrieben hatte, da er sich eine neue besorgt hatte und er sie nicht auswendig kannte. Aber wer rief sich schon selbst an? Adeline fotografierte den Zettel und packte ihn zurück in den Rucksack. In einem Anflug von Optimismus hatte sie eine größere Plastiktüte mitgenommen, in die sie jetzt den Rucksack steckte, bevor sie sich auf den Rückweg machte.

Am Eingang der Bégude kam ihr Pierre Egmont entgegen. Es gab keine Möglichkeit, dem Mann auszuweichen, sodass sie ein Lächeln auf die Lippen zwang und ihm zunickte.

»So früh schon unterwegs?«, fragte er gutgelaunt.

»Ich habe den Hund ausgeführt. Er braucht eine Menge Auslauf und mir tut etwas Bewegung auch ganz gut.«

»Wieso dann so schwer bepackt?« Er zeigte auf die Plastiktüte, die sie in der Hand hielt, und reckte den Kopf, um einen Blick hineinzuwerfen.

»Müll, den ich unterwegs eingesammelt habe. Sie glauben nicht, was die Leute alles wegwerfen und damit die Gegend verschandeln.«

»Das kenne ich von zu Hause nur zu gut. Aber da kommt kaum jemand auf die Idee, den Unrat anderer Leute einzusammeln. Man interessiert sich nur noch für sich selbst.«

»Sie kommen aus Marseille, nicht wahr?«

»Ja. In einer Großstadt zu wohnen, hat einige Annehmlichkeiten, aber ich freue mich sehr, hin und wieder rauszukommen, die Natur zu genießen und den stressigen Job eine Weile hinter mir zu lassen.«

»Ruhig ist es hier auf jeden Fall«, sagte Adeline. »Monsieur Pastel und Monsieur Djeba kamen ebenfalls aus Marseille. Die Welt ist klein.«

»Maurice habe ich hier kennengelernt, der andere ist mir unbekannt«, erwiderte er und zuckte mit den Schultern. Der Tod des Mannes belastete ihn offensichtlich nicht. »Marseille ist groß und weniger als zwei Stunden entfernt. Es sollte niemanden sonderlich verwundern, wenn man hier viele Städter trifft.«

»Damit haben Sie recht. Aber jetzt muss ich mich auf den Weg machen.«

»Gleich die nächste Story angehen?« Er lächelte, doch es reichte nicht bis zu seinen Augen, die emotionslos auf ihr ruhten.

»Schön wär's. Ich arbeite heute Morgen im Café Fleur am Marktplatz. Noch bringen mir meine Reportagen nicht genug Geld zum Leben.«

»Ich komme an den Müllcontainern vorbei, darf ich es mitnehmen?« Pierre Egmont streckte den rechten Arm aus und Adeline wich einen Schritt zurück.

»Vielen Dank, aber das ist nicht nötig, ich stopfe noch etwas von meinem dazu und bringe es nachher selbst weg.«

»Dann wünsche ich Ihnen einen schönen Tag.« Er wandte sich rasch ab und marschierte zurück in den Innenhof. Adeline fragte sich, wieso er seine Meinung geändert hatte, eben war er ihr auf dem Weg aus der Bégude heraus entgegengekommen. Oder hatte er auf sie gewartet, um sie auszufragen? Hatte er bemerkt, was sich in der Plastiktüte befand? Daran konnte sie nichts mehr ändern. Er hatte den Rucksack seines Komplizen wiedererkannt, wieso hätte er ihr sonst anbieten sollen, ihn zum Müllcontainer mitzunehmen? Er musste genauso neugierig sein wie sie, was sich darin befand. Vielleicht hatte Pastel seine Erkenntnisse nicht mit ihm geteilt, und die jetzige Identität und das Versteck von Charles Duran waren auch für ihn ein Rätsel. Dann erhoffte er sich möglicherweise Hinweise in den Habseligkeiten seines Komplizen.

Sie ging in den Turm und machte sich für ihre Schicht bei Carmen in Café Fleur fertig. Vorher druckte sie das Foto mit der Telefonnummer und der E-Mail-Adresse aus. Später würde sie versuchen, ob sie damit einen Zugang zu Pastels Cloudspeicher erhalten konnte. Sie nahm die beiden Rucksäcke: ihren eigenen und den von Maurice Pastel, und machte sich auf den Weg zur Arbeit. Vorher schickte sie Mathieu Passard noch eine Nachricht, dass sie etwas gefunden hatte, das er bei ihr abholen konnte. Sie hielt sich vage, da sie seinen Gesichtsausdruck nicht verpassen wollte, wenn sie ihm den Rucksack präsentieren würde. Doch jetzt musste sie sich beeilen, um pünktlich bei Carmen zu erscheinen.

Adeline stand hinter dem Tresen im Café Fleur und stellte ein kleines Frühstück zusammen: Kaffee, Saft, ein Croissant mit Butter und Konfitüre, als sie das melodische Läuten der Eingangstür hörte. Sie schaute auf und sah Mathieu Passard hereinkommen. Der Polizeichef bemerkte sie und steuerte direkt auf den Tresen zu.

»Bonjour«, begrüßte sie ihn.

»Du hast wieder etwas gefunden?« Auf eine Begrüßung verzichtete er und setzte sich ihr gegenüber auf einen der Barhocker. »Was ist es dieses Mal? Wenigstens keine Leiche«, sagte er gereizt.

»Tote hatten wir genug.« Sie stellte einen zierlichen Becher mit heißer Milch auf das Tablett zum Frühstück. »Ich habe beim Ausführen von meinem Hund einen Rucksack im Gebüsch gefunden.«

»Und der gehört ausgerechnet Maurice Pastel«, erwiderte er sarkastisch.

»Er kam mir bekannt vor, deswegen habe ich ihn mitgenommen.« Sie griff unter den Tresen, holte die Plastiktüte und stellte sie vor den Polizeichef. »Den Fundort habe ich auf meinem Handy gespeichert und kann Ihnen den schicken. Oder besser direkt an Capitaine Rousseau?«

Beim Erwähnen des Namens verzog der Polizist das Gesicht, als hätte er Zahnschmerzen. Er kam mit dem überheblichen Capitaine aus Nîmes auch nicht sonderlich gut aus, was Adeline nicht verwunderte. Der Mann von der Kriminalpolizei hielt nicht viel von der Police municipale und machte daraus keinen Hehl.

»Ich gebe den Fundort weiter«, entschied er. »Hast du drin rumgekramt?«

»Selbstverständlich habe ich einen Blick hineingeworfen. Ich wollte sicher sein, dass es sich um den Rucksack des Toten handelt, bevor ich Sie informiere. Wer will schon die Arbeitszeit der Polizei verschwenden?«

»Ich wünschte, alle würden so denken«, grummelte er.

Adeline stellte einen Kaffee vor ihn und trug das Frühstück zu einem Gast, der einen der Tische auf dem Bürgersteig gewählt hatte. Als sie zurückkam, hatte der Polizeichef Handschuhe angezogen, den Rucksack geöffnet und betrachtete den Inhalt.

»Die Geldbörse und das Handy sind in der linken Seitentasche«, informierte sie ihn.

»Du hast ja offensichtlich genau gesucht.« Er schaute auf und musterte sie eindringlich. »Ich hoffe, davon ist nichts im Internet gelandet.«

»Wie hat Ihnen der letzte Bericht gefallen?«, erwiderte Adeline, ohne auf seine Bemerkung einzugehen. Sie war noch nicht dazu gekommen, etwas über den gefundenen Rucksack zu posten, würde das aber tun, sobald sie zu Hause am Computer saß.

»Na ja«, murmelte er. »Meine Frau hat ihn mir gezeigt. Heute beim Frühstück. Es ist keine Freude, schon in aller Frühe von Mord und Totschlag zu hören. Miserabel für den Tourismus. Das meint auch der Bürgermeister.«

»Ich habe doch niemanden umgebracht«, warf sie ein.

»Aber du machst es bekannt. Ich fürchte, die ganze Stadt hat das Video gesehen. Jedenfalls reden die Leute über nichts anderes.«

»Das würde mich freuen«, sagte sie zu seinem Unmut. »Falls Ihre Frau weiter informiert sein will, was in Beauregard geschieht, sollte sie den Kanal abonnieren. Das funktioniert ganz einfach. Dadurch verpasst sie nichts.«

»Wenn jemand weiß, was in der Stadt vor sich geht, dann wohl ich. Falls sie neugierig sein sollte, kann sie mich fragen«, wandte er ein. »Aber abonniert hat sie ihn bereits«, schob er leise hinterher.

Adeline nahm eine Ausgabe der Midi Libre aus dem Zeitungsständer und legte sie vor den Polizeichef auf den Tresen.

»Die berichten ebenfalls davon und deren Reichweite ist deutlich größer als meine.«

Er nahm die Zeitung und überflog den Artikel. Dann seufzte er tief.

»Das war stets eine wirklich friedliche Stadt.«

»Daran hat sich nichts geändert. Die Toten kommen schließlich beide aus Marseille, was kann man da machen?«, tröstete sie ihn. Sie kannte die Vorurteile, die der Polizist und die meisten Bewohner von Beauregard gegen Menschen aus Marseille oder Paris hegten.

»Stimmt auch wieder. Die sollen ihre kriminellen Angelegenheiten unter sich klären und uns hier in Ruhe lassen.« Die Vorstellung, dass wahrscheinlich niemand aus seiner Stadt in den Mordfall verwickelt war, beruhigte ihn.

Charles Duran, den Auslöser der Morde, vielleicht sogar der Täter, ließ sie im Moment unerwähnt.

»Gib mir auch ein Frühstück«, bat er Adeline. Das Beweisstück in die Polizeistation zu bringen, schien ihm nicht auf den Fingern zu brennen, schließlich würde der Rucksack dort nur herumliegen, bis die Polizisten aus Nîmes eintrafen und ihn zur Untersuchung mitnahmen. Mathieu Passard spielte in ihren Ermittlungen nur die Rolle eines besseren Handlangers, was ihm schwer im Magen lag.

Passard strich etwas Butter auf die Spitze des Croissants und biss hinein. Adeline nutzte die Gelegenheit, holte ihr Handy heraus und schaute auf ihren Nachrichtenkanal. Die Suche nach dem Rucksack hatte sie am Morgen beschäftigt und sie hatte die Reportage völlig vergessen, bis der Polizeichef sie daran erinnert hatte. Sie sah die Zahl der Aufrufe und pfiff vor Erstaunen. Der Mann lag nicht falsch, auch wenn er übertrieben hatte, aber ein beträchtlicher Teil der Bewohner von Beauregard musste das Video angesehen, geteilt und kommentiert haben. Die Anzahl der Abonnenten war über Nacht in die Höhe geschossen. Ihre Knie zitterten vor Aufregung und sie ließ sich auf einem der Barhocker sinken.

»Gute Nachrichten?«, fragte Carmen, die aus der Küche kam.

»Ziemlich«, sagte Adeline. »Die Leute schauen sich tatsächlich meine Sachen im Internet an.«

»Habe ich auch. Du bist schon eine Berühmtheit in Beauregard.«

»Das wäre nicht schlecht, irgendwann muss ich anfangen, damit Geld zu verdienen.«

»Darauf würde ich nicht bauen«, warf der Chef de Police ein, der ihnen zugehört hatte. »Sobald wir den Mörder geschnappt haben, wird hier wieder Ruhe einkehren, dann gibt es nichts Reißerisches mehr zu schreiben.«

»Sei nicht so pessimistisch«, fuhr Carmen den Mann an. »So langweilig, dass es *nichts* zu berichten gibt, ist es hier auch wieder nicht.«

»Sehe ich ebenso«, stimmte Adeline ihr zu, obwohl das Argument des Polizisten Gewicht hatte. Über Mord zu schreiben, brachte viel Aufmerksamkeit. Jedenfalls mehr als von einem Ausflug mit Monsieur Clairon, um Vögel zu beobachten.

»Ich würde dich nur ungern verlieren.« Carmen trat neben sie, legte einen Arm um ihre Schultern und zog sie an sich.

»So schnell wird das nicht passieren.«

»Du bist schon ein gutes Stück vorwärtsgekommen. Das kann jetzt rasant ablaufen.«

Adeline nickte, da sie in diesem Moment kein Wort herausbrachte. Das war es, was sie sich vorgestellt und gewünscht hatte, dass Menschen ihre Artikel lasen und ihre Videos anschauten. Früher hatte sie von einem Journalismus-Studium geträumt, aber das hatte sie sich nicht leisten können. Und doch hatte sie sich ihren Traum erfüllen können. Oder war auf dem besten Weg dahin.

»Jetzt muss ich weiterarbeiten. Da sind jede Menge Bestellungen«, sagte sie. *Und mich zusammenreißen, sonst fange ich an, vor Glück zu heulen.* Sie ging an die Espressomaschine und begann, die Liste der Bestellungen abzuarbeiten.

Zu ihrer Überraschung kam Jules Boudan ins Café, lange nachdem sich der Polizeichef verabschiedet hatte. Er setzte sich in eine der Nischen und lächelte Adeline freundlich zu.

»Kennst du den Mann?«, fragte Carmen.

»Ein Gast aus der Bégude«, sagte sie und ging zu ihm.

»Ein wirklich hübsches Café. Ich hatte davon gehört und wollte es ausprobieren, bevor mein Urlaub zu Ende geht.«

»Sie verlassen uns?«

»Leider ja. Morgen muss ich zurück nach Paris. Die Arbeit wartet.«

»Ich hoffe, wir sehen Sie demnächst mal wieder bei uns.«

»Aber sicher. Hoffentlich sterben bei meinem nächsten Besuch weniger Leute.«

»Normalerweise geht es hier ausgesprochen friedlich zu.«

»Ich werde noch eine Kiste Wein mitnehmen, um mich zu Hause an den Urlaub zu erinnern. Ich glaube, die Bégude bezieht ihren von einem Weingut aus der Nähe.«

»Vom Château Benoît. Das liegt keine zwei Kilometer entfernt.«

»Danke, dann fahre ich dort mal vorbei.«

»Sie werden es nicht bereuen.«

»Wenn ich Sie schon sehe, nutze ich die Gelegenheit, die lokale Reporterin nach dem Stand der Ermittlungen auszufragen. Gibt es etwas Neues? Die Polizei muss doch eine Ahnung haben, wer hinter den Morden steckt.«

»Da bin ich überfragt. Die Polizisten aus Nîmes sind ausgesprochen einsilbig. Mehr als eine dürftige Pressemitteilung haben sie noch nicht herausgegeben. Es ist ja auch erst ein paar Tage her.«

»Sie deuteten an, es könnte eine Verbindung zu einem Raub in Marseille geben. Ich erinnere mich, davon in der Zeitung gelesen zu haben, aber das ist schon einige Jahre her.«

»Das stimmt«, sagte sie, erstaunt, dass sogar ein Urlauber ihr letztes Video angesehen hatte. »Monsieur Pastel saß lange wegen des Überfalls im Gefängnis.«

»Mein Gott. Wir haben uns beim Abendessen über Fußball unterhalten. Ich wäre nie auf den Gedanken gekommen, er könnte ein Verbrecher sein.«

»Ich fürchte, das sieht man den Leuten nicht an.«

»Stimmt schon.« Er atmete tief aus. »Zum Glück gibt es bei mir nichts zu stehlen.«

Adeline sah kurz nach den anderen Gästen.

»Ich nehme ein Perrier und das Tagesgericht«, sagte Monsieur Boudan, der ihren Blick richtig gedeutet hatte. Es gab viel zu tun und sie hatte nicht die Zeit, länger mit ihm zu schwatzen.

»Kommt sofort.«

Adeline wunderte sich, was hinter dem Besuch steckte. Hatte er gehofft, mehr über die Mordfälle von ihr zu hören? Seine Neugierde war verständlich, immerhin hatte er eines der Opfer in der Bégude kennengelernt. Aber das Gefühl von Misstrauen konnte sie nicht abschütteln. Sie fragte sich, ob er nicht doch Verbindungen zu der Bande aus Marseille besaß und tiefer in den Raub verstrickt war, als es den Anschein hatte. Sie würde Zeit investieren müssen, im Internet nach ihm zu suchen.

Adeline schaute nach ihrer Arbeit im Café Fleur bei Marguerite in der Bücherei vorbei. Ihre Freundin saß an ihrem Schreibtisch und scannte Bücher ein, die sie aus der Buchklappe geholt hatte.

»Ich habe uns etwas mitgebracht.« Adeline stellte zwei Porzellanschalen mit Kartoffelgratin, ein halbes Baguette und eine Flasche Cidre vor sie.

»Wie lieb von dir.«

»Ist ein Geschenk von Carmen. Sie macht sich Sorgen, dass ich vor lauter Arbeit nicht zum Essen komme.«

»Damit hat sie nicht unrecht.« Marguerite holte Besteck und zwei Gläser aus einem Schrank, während Adeline den Cidre öffnete.

»Was gibt es Neues?«

Sie berichtete von ihrem Fund am Vormittag und dem Gespräch mit Mathieu Passard.

»Dann bist du wenigstens weitergekommen. Ich habe versucht, an den Onlinespeicher von Pastel heranzukommen und alle möglichen Kombinationen ausprobiert, aber nichts hat funktioniert«, sagte Marguerite gereizt. Sie hasste es, wenn Dinge nicht so liefen, wie sie es sich vorstellte.

»Dann kann ich vielleicht helfen.« Adeline holte ihr Handy heraus und lud das Bild, das sie von dem Zettel in Pastels Rucksack geschossen hatte. Den Ausdruck hatte sie in der Eile auf dem Schreibtisch liegen lassen. »Außer der E-Mail-Adresse, mit der er sich in der Bégude angemeldet hat, gibt es noch eine weitere.« Sie reichte Marguerite das Handy.

»Das wäre eine Möglichkeit. Vielleicht ist diese Adresse der Benutzername.« Sie sah Adeline fragend an. »Sollen wir es ausprobieren?«

»Natürlich.«

»Du hast den Rucksack der Polizei übergeben, also hat Capitaine Rousseau ebenfalls den Zettel mit der Adresse. Das Passwort stand auf der Quittung. Ich gehe davon aus, dass er bei der Durchsuchung von Pastels Zimmer gefunden wurde. Du weißt, was das bedeutet?«

»Ich bin ja nicht dumm. Deswegen müssen wir uns beeilen, bevor die Polizei die Daten auf dem Cloudspeicher sicherstellt und möglicherweise das Passwort ändert, um den Zugang zu sperren. Wer weiß, wem Pastel die Zugangsdaten gegeben hat.«

»Vielleicht seinen Komplizen«, vermutete Marguerite.

»Das hätte ich an seiner Stelle getan.«

»Glaubst du, er nahm an, dass Duran ihm gefährlich werden kann? Der Mann war gebaut wie ein Schrank und bestimmt kein gutgläubiger Pazifist.«

»Genutzt hat es ihm letztlich nichts«, sagte Adeline. »Er ist tot. Genau wie Djeba. Es können nicht mehr viele von der Bande übrig sein.«

»Vielleicht überwacht die Polizei den Cloudspeicher, um zu sehen, wer sich Zugang verschafft.«

»Das Risiko muss ich eingehen«, entschied Adeline. »Dann mache ich es besser von meinem Laptop aus, ich will dich nicht mit hineinziehen.«

»Unsinn. Ich bin viel zu neugierig, um abzuwarten. Außerdem arbeiten jede Menge Leute an diesem Computer. Die Bücherei stellt ihn den Besuchern für Recherchen zur Verfügung. Sie werden nicht nachweisen können, wer ihn im Laufe des Tages benutzt hat.«

»Aber sie werden es vermuten.«

»Vermutungen bringen ihnen nichts, wenn sie uns an den Kragen wollen. Dazu müssten sie es beweisen können.«

»Na gut. Dann wagen wir es«, entschied Adeline.

Marguerite tippte die E-Mail-Adresse ein und lachte, als sie tatsächlich zum nächsten Eingabefeld weitergeleitet wurde. »Hoffen wir, dass er das Passwort nicht geändert hat«, sagte sie, während sie es eintippte. »Hat er nicht«, rief sie.

Adeline sprang auf und stellte sich hinter Marguerite, die die Fotos aufrief, die Maurice Pastel von seiner Kamera hochgeladen hatte. Hoffentlich alle, die er in den letzten Tagen aufgenommen hatte.

»Die sind von der Bégude. Charlotte, Philipp und seine beiden Bekannten, Boudan und Egmont. Scroll weiter«, drängte Adeline, als sie die ersten Bilder sah.

»Die Verbindung ist nicht so schnell und der Kerl hat eine sehr hohe Auflösung gewählt. Wahrscheinlich, um sie problemlos vergrößern zu können.«

Adeline trommelte ungeduldig mit ihren Fingern auf der zerkratzten Schreibtischplatte, während die Bilder geladen wurden.

»Das ist das Weingut der Benoîts«, sagte sie. »Und da sind Aurélie und Hubert. Die anderen Arbeiter kenne ich nicht.«

»Ziemlich viele Bilder sind von dem Gut. Es hat ihn sehr interessiert. Aber hier sind auch welche von den Häusern der Umgebung.«

»Die meisten kenne ich.« Adeline tippte mit dem Zeigefinger auf den Monitor. »Hier wohnt Hubert, in dem eine Hippie-Kommune, und hier eine Familie, die mir die Tür vor der Nase zugeschlagen hat, als ich vorbeikam.«

»Wir hatten also recht damit, dass er sich für die Gegend zwischen der Bégude und dem Weingut interessierte«, sagte Marguerite.

Adeline ging zurück zu ihrem Stuhl und ihre Freundin loggte sich aus. Sie lud keines der Bilder herunter, um möglichst wenig Spuren zu hinterlassen.

Nachdenklich zog sie die Schale mit dem Gratin heran und stieß die Gabel mehrmals durch die braune Käseschicht, ohne sich etwas zu nehmen.

»Für wen könnte er sich besonders interessiert haben?«, fragte Marguerite.

»Kaum für Aurélie. Pastel suchte einen Mann, so viel steht fest. Charles ist nicht gerade ein Frauenname.«

»Sie hat das Weingut von ihrem Vater übernommen. Wie lange ist das her?«

»Sechs oder sieben Jahre, soweit ich mich erinnere.« Der alte Benoît gehörte zu den einflussreichen Leuten in der Gegend. Als sein Mercedes an einem Baum zerschellte, war sein Tod für eine Weile Gesprächsthema Nummer eins in Beauregard. Man sagt, er war ziemlich angetrunken an dem Abend.

»Der Mann lebte auf großem Fuß. Jedenfalls gab er mehr aus, als das Weingut einbrachte.«

»So sagt man«, stimmte Adeline ihr zu. Ihre Tante hatte es ebenfalls erwähnt und sie kannte die schmutzige Wäsche der meisten Leute in Beauregard. »Aurélie hat das Gut wieder auf die Beine gebracht.«

»Dafür brauchte sie Geld. Woher stammte das?« Marguerite rieb Daumen und Zeigefinger aneinander, als würde sie Scheine zählen.

»Gute Frage. Ich vermute, sie sitzt auf einem Haufen Schulden.«

»Die Bank vergibt keine Kredite ohne Sicherheiten.«

»Das Land muss einiges wert sein. Anbauflächen für Wein sind gesucht und bestimmt nicht billig.«

»Oder ihr Vater benutzte einen falschen Namen und war an dem Raub beteiligt, um sein aufwändiges Leben zu finanzieren.«

»Du glaubst, beim alten Benoît könnte es sich um Charles Duran handeln?« Der Gedanke verblüffte Adeline, aber sie musste zugeben, dass Marguerites Theorie Sinn ergab. Er konnte den Schmuck zu Geld gemacht und seiner Tochter hinterlassen haben. Sie dachte an den Vollernter, von dem Hubert stolz berichtet hatte. Auf diese Art hätte sie ihn sich leisten können. Die Beute in das eigene Geschäft zu investieren, war eine raffinierte Art der Geldwäsche.

»Wäre möglich«, erwiderte Marguerite.

Anfang der Woche hatte sie die Frau zum ersten Mal getroffen. Sie wirkte freundlich und war auf jeden Fall hilfsbereit.

»Ich kann sie mir als Mörderin nur schwer vorstellen«, sagte Adeline zögerlich. »Jemanden mit einem Schrotgewehr zu erschießen ist ziemlich brutal.«

»Sind Frauen wirklich weniger gefährlich als Männer?«, fragte Marguerite. »Vor allem, wenn es um etwas geht, das für sie eine Herzensangelegenheit ist, wie das Weingut, auf dem sie aufwuchs.«

»Das stimmt schon«, gab sie zu. »Außerdem steht die Scheune, in der ich die Leiche gefunden habe, auf dem Land der Benoîts. Wer sollte außer ihr einen Grund haben, einen Blick hineinzuwerfen? Ohne Voltaire hätte ich den Toten niemals entdeckt. Er hätte dort Jahre ungestört liegen können.«

»Ein gutes Versteck«, stimmte Marguerite zu. »Ich hätte gewartet, bis Gras über die Sache gewachsen wäre, um ihn dann fortzuschaffen und irgendwo weit weg von meinem Land zu verscharren. Die Cevennen sind groß und viele Gegenden sind so gut wie unbewohnt. Dort eine Leiche auf Nimmerwiedersehen verschwinden zu lassen, ist kein Kunststück.«

»Die Frau sieht sportlich aus und hat auf dem Gut gelernt, körperlich zu arbeiten. Aber mit einem Kerl wie Pastel fertig zu werden?« Adeline wiegte verneinend den Kopf. »Er war deutlich größer und doppelt so breit. Der Riese hätte ihr mit einer Hand den Hals umgedreht.«

»Vielleicht dachte er genauso wie du«, entgegnete Marguerite. »Er nahm sie nicht für voll und drehte ihr unachtsam den Rücken zu. Auch eine Frau kann jemandem mit einem Stock den Schädel einschlagen. Selbst einem Kerl wie Pastel.«

»Falls er ebenfalls nach einem Mann suchte, hielt er sie wahrscheinlich für ungefährlich«, überlegte Adeline laut.

»Im Gegensatz zu Djeba wurde er nicht bewegt. Wie hätte sie den Kerl, der mindestens zwei bis drei Zentner wog, schleppen oder ziehen können? Schon gar nicht in dem dicht bewachsenen und steilen Gelände.«

»An der Stelle gibt es kein vernünftiges Versteck für eine Leiche. Die Scheune, wo Djeba lag, ist viel zu weit entfernt. Sie hätte schon das Quad mit dem Anhänger holen müssen, das Hubert später benutzt hat, um den Sanitätern zu helfen.«

»Außerdem wäre es aufgefallen.«

»Du hast recht. Sie würde als Täterin infrage kommen«, sagte sie. »Dann ist da noch Hubert.« Adeline spießte eine Kartoffelscheibe auf und steckte sie in den Mund. Sie kaute langsam, um über ihn nachzudenken. Er kam ihr wie ein älterer, freundlicher Mann vor, der ein bescheidenes Leben in Beauregard führte.

»Er lebt in einem winzigen Haus, das zum Weingut gehört. Sein einziger Luxus ist ein Aquarium mit bunten Fischen«, sagte sie schließlich. »Würde jemand, der ein Vermögen besitzt, sich nicht wenigstens einen Fernseher leisten?«

»Eine perfekte Tarnung«, widersprach Marguerite. »Genau wie du würde ihn niemand verdächtigen.«

»Dann zieht er sein Schauspiel aber schon viele Jahre durch.«

»Falls er der Täter ist, besitzt er jedenfalls Geduld.«

»Und handelt rasch und skrupellos«, sagte Adeline. »Er kennt sich in der Gegend aus und jeder Fremde fällt ihm auf.«

»Hast du ein Gewehr bei ihm gesehen?«

»Es ist mir keins aufgefallen, aber viele Leute gehen hier auf die Jagd. Ich kann mir vorstellen, dass er Tiere in den Weinfeldern schießt.«

»Wenn er und Pastel sich kannten, wieso lässt der Mann ihn nahe genug an sich heran, dass er ihn erschlagen kann?«

»Kann ich nicht sagen«, gab Marguerite zu.

»Von den anderen, die auf den Fotos sind, kommt meiner Ansicht nach niemand infrage«, sagte Adeline und ihre Freundin nickte zustimmend.

Für eine Weile saßen sie noch zusammen, aßen und leerten die Flasche Cidre.

Einbruch

Adeline parkte den Motorroller im Schatten des ehemaligen Taubenturms. Sie bemerkte, dass die Tür eine Handbreit offenstand und das Vorhängeschloss auf dem Boden lag. *Habe ich vergessen, zuzuschließen? Nein. Bestimmt nicht.* Sie sah sich besorgt um, bevor sie abstieg. Niemand war zu sehen, nicht einmal Voltaire kam, um sie zu begrüßen. In der Hitze des Nachmittags suchten alle ein schattiges Plätzchen.

Der Bügel des Schlosses war durchgeschnitten, wahrscheinlich mit einem Bolzenschneider. Vorsichtig zog sie die Tür auf und ging leise hinein. Die Fensterläden waren geschlossen und die wenigen Sonnenstrahlen, die durch die offene Tür fielen, brachten nicht mehr als ein fahles Zwielicht. Mit dem Rücken an der Wand trat sie einen Schritt zur Seite und schaltete die Stehlampe an. Sie war allein im Erdgeschoss.

»Hallo«, rief sie, als würde ein Einbrecher sich dadurch zu erkennen geben oder gar die Flucht ergreifen. Sollte der Eindringling in den oberen Etagen sein, existierte für ihn keine Möglichkeit, den Turm zu verlassen, außer durch die Tür, vor der sie stand, und sie war nicht gerade jemand, der Verbrecher einschüchterte. Adeline fasste den Besen, der gegen die Wand lehnte und hielt ihn mit dem Stiel nach vorne, abwechselnd in Richtung der Wendeltreppe und des ehemaligen Badezimmers, als könnte sie damit einen Angreifer erfolgreich abwehren.

Vorsichtig ging sie an dem Schreibtisch vorbei zur Treppe. Jemand hatte die Unterlagen durchwühlt, die sie zurückgelassen hatte. Blätter lagen auf dem Boden und eine Arbeitsmappe war geöffnet worden. Der Eindringling musste etwas gesucht haben. *Aber was? Bestimmt kein Geld,* schoss es ihr durch den Kopf. Die Spiegelreflexkamera stand unberührt auf der Kommode, genau wie die neue Action-Cam.

Langsam stieg sie die Treppe hinauf. Das Herz trommelte in einem wilden Takt gegen den Brustkasten. In der rechten Hand hielt sie den Besen, mit der anderen kramte sie in der Hosentasche nach ihrem Telefon und rief bei der Polizeistation in Beauregard an. Glücklicherweise war sie auf einer Kurzwahltaste gespeichert.

»Police municipale«, meldete sich Brigadier Morant. Sein Tonfall war unfreundlich und abweisend wie gewohnt.

»Adeline Fréchet«, sagte sie und stieg eine Stufe höher. Ihr Kopf ragte ein Stück über den Fußboden der ersten Etage und sie sah sich um. Niemand war zu sehen, dann blieb noch der dritte Raum an der Spitze des Turms.

»Was gibt's? Wieder eine Leiche?«, fragte er genervt.

»Nein. Bei mir wurde eingebrochen.«

»Ist der Kerl noch im Haus?«, erwiderte er rasch.

»Sieht nicht so aus«, antwortete sie und stieg einige Stufen weiter hinauf.

»Verschwinde augenblicklich, am besten suchst du bei Philippe Schutz. Warte, bis wir kommen«, fuhr er sie an. »Mit Einbrechern ist nicht zu spaßen, vielleicht versteckt er sich irgendwo und schneidet dir den Hals durch. Oder Übleres.«

»Na gut«, willigte sie zögerlich ein. Was konnte übler sein, als die Kehle durchgeschnitten zu bekommen? Doch so kannte sie Brigadier Morant, der stets das Schlimmste befürchtete. Der Mann hatte einen Hang zu übertriebener Dramatik.

»Wir sind in zehn Minuten da«, sagte er und legte auf.

Adeline sah sich erneut um. Das Feldbett war unberührt, genau wie die Reisetasche mit ihrer Kleidung. Es sah nicht so aus, als hätte der Eindringling ihre Sachen durchsucht. Es musste ihm um ihren Schreibtisch und die Unterlagen gegangen sein. *Oder um den Rucksack,* dachte sie plötzlich. Vielleicht war sie beobachtet worden, wie sie ihn gefunden und mitgebracht hatte, aber es war unbemerkt geblieben, dass sie ihn bereits der Polizei übergeben hatte. Pierre Egmont war ihr entgegengekommen, als sie zurückgekehrt war. Er musste ihn in der Plastiktüte bemerkt haben. Ob er nach ihm gesucht hatte? Sie stieg die Treppe wieder hinab, um dem Rat von Brigadier Morant zu folgen.

»Hallo.«

Sie stieß einen Schrei aus und fuhr herum. Jemand stand im Türrahmen. Sie riss den Besenstiel hoch und wedelte mit ihm in Richtung der Person.

»Ich bin's nur. Ich hatte doch versprochen vorbeizuschauen.« Sébastien trat einen Schritt vor und hielt abwehrend die offenen Hände vor sich. »Tut mir leid, falls ich dich erschreckt habe. Bist du auf der Jagd nach einer Maus oder was willst du mit dem Besen?«

»Mit dem Licht in deinem Rücken konnte ich nur einen Schemen erkennen. Ich bin heilfroh, dass du es bist«, sagte sie und ließ den Besen sinken. »Jemand ist bei mir eingebrochen und ich bin etwas neben der Spur.«

»Verstehe.« Er kam auf sie zu und breitete die Arme aus.

»Das kann ich gut gebrauchen.« Sie legte ihren Kopf gegen seine Schultern und er schloss die Arme um sie. Für eine Weile standen sie schweigend in der Mitte des Raums und Adeline genoss es, sich in Sicherheit zu fühlen.

»Danke.« Sie trat einen Schritt zurück. »Lass uns rausgehen. Die Polizei ist auf dem Weg.«

Sie warf einen Blick zum Schreibtisch, bevor sie den Turm verließ und sich auf die Bank im Schatten des Hauses setzte.

»Der Einbrecher ist bestimmt schon lange weg«, sagte Sébastien, um sie zu beruhigen. »Du musst dir keine Sorgen machen.«

»So langsam geht mein Puls wieder runter. Bei mir ist noch nie eingebrochen worden.«

»Besonders luxuriös sieht es im Turm noch nicht aus, auf was könnte es jemand abgesehen haben?«

Sie erzählte ihm von den Ereignissen des Tages, dem Fund des Rucksacks und der Begegnung mit Pierre Egmont am Vormittag.

»Du denkst, dass der Kerl und die beiden Toten Mitglieder der Bande waren?«

»Davon gehe ich aus. Lieutenant Gaudry hat mir unter der Hand bestätigt, dass die Polizei glaubt, dass Tahar Djeba den

Fluchtwagen gefahren hat. Bei Maurice Pastel gibt es keinen Zweifel, schließlich saß er für den Überfall im Gefängnis.«

»Aber mehr als einen Streit zwischen Pastel und Egmont hast du nicht beobachtet.«

»Nein«, gab sie widerwillig zu. »Beide kommen aus Marseille, wohnen bei uns in der Bégude und lungern in der Gegend herum. Das ist doch verdächtig.« Wieso hatte er überhaupt Zweifel? Es war offensichtlich.

»Hier seinen Urlaub zu verbringen ist demnach *herumlungern*«, bemerkte er und grinste.

»Na gut. Vielleicht brauche ich noch mehr Indizien, um Egmont mit den anderen beiden in Verbindung zu bringen. Genau wie Jules Boudan. Aus dem Mann werde ich auch nicht schlau. Aber er kommt mir recht harmlos vor.«

»Gut, dass du eure Gäste nicht in deinen Reportagen erwähnst. Sie könnten dir Ärger bereiten, falls du dich zu weit aus der Deckung wagst. Eine Klage wegen Verleumdung ist kein Kinderspiel und kann teuer werden. Außerdem ist es schlecht für deinen guten Ruf.«

»Das ist mir klar. Ich schreibe nur, was ich nachweisen kann.«

»Dann hast du demnach mindestens vier Verdächtige.«

»Da sind der alte Benoît und Hubert. Glaubst du, die anderen Bandenmitglieder bringen sich gegenseitig um?«, fragte sie zweifelnd.

»Es geht um eine Menge Geld. Je weniger beim Teilen dabei sind, desto größer ist der Anteil, der übrig bleibt.«

»Djeba und Pastel sind tot. Offensichtlich haben die anderen diesen Duran und die Beute noch nicht gefunden, sonst wären sie bereits verschwunden. Und wir hätten wahrscheinlich eine weitere Leiche.«

»Charles Duran?«

Adeline nickte. Wieso hätten sie ihn am Leben lassen sollen, nachdem er zwei von ihnen aus dem Weg geräumt hatte? Sie hätten ständig damit rechnen müssen, dass er versuchen würde, sich die Beute zurückzuholen. Die Verbrecher in den Kriminalromanen, die sie so gerne las, wären dieses Risiko nicht eingegangen.

In dem Moment fuhren der Streifenwagen der Police municipale und der Wagen von Capitaine Rousseau auf den Hof.

»Der hat mir gerade noch gefehlt.« Sie atmete tief aus und ließ die Schultern hängen.

»Ich habe ihn auch nicht vermisst«, stimmte ihr Sébastien zu, der den Polizisten aus den Ermittlungen um den Mord im Château de Beauregard kannte.

»Was ist passiert?« Der Polizeichef kam auf sie zu, fast schon im Laufschritt, während Capitaine Rousseau lässig hinter ihm her schlenderte. Ein Einbruch schien ihn nicht aus der Ruhe zu bringen, vor allem, da er sie lebendig auf der Bank sitzen sah.

Adeline zeigte auf die Tür.

»Jemand hat das Vorhängeschloss geknackt und ist eingebrochen. Als ich heimkam, war er bereits wieder verschwunden.«

»Für manche Leute ist so eine verschlossene Tür eine kaum zu widerstehende Herausforderung, mal einen Blick hinein zu riskieren«, bemerkte der Capitaine, wobei er auf ihren *Einbruch* in die Scheune anspielte. Er trat einen Schritt zurück, legte den Kopf in den Nacken und schaute hoch zum Dach. Adeline ballte die Hände zu Fäusten, so klar war es, dass er sich über sie lustig machte.

»Nein, er ist nicht über das Dach eingestiegen. Mein Turm ist schließlich keine halb eingestürzte Ruine.« Ihr Ärger erfüllte ihre Stimme, was den Mann nur noch breiter zum Grinsen brachte.

»Ist etwas gestohlen worden?«, fragte Mathieu Passard.

»Bis auf meinen Computer und die Kameras besitze ich nichts von Wert. Die sind alle da, nur der Schreibtisch wurde durchwühlt.«

»Können Sie sich vorstellen, was der Einbrecher gesucht haben könnte?«, fragte der Polizist aus Nîmes.

»Nein«, erwiderte sie, was ihn dazu brachte, seine Augenbrauen erstaunt zu heben.

»Sie beschäftigen sich ausgiebig, eigentlich schon zu intensiv, mit den Ermittlungen in zwei Todesfällen. Klingelt da nichts? Keine Vermutung?« Seine Stimme triefte geradezu vor Sarkasmus. Sébastien legte eine Hand auf ihren Unterarm, als würde er ihr zutrauen, dass sie aufspringen und dem Mann mit der Faust auf die Nase schlagen würde. Sie atmete tief durch und entspannte die Arme.

»Was ich herausfinde, publiziere ich auf meinem Nachrichtenkanal. Dafür muss niemand die Haustür aufbrechen, jeder kann es im Internet nachlesen«, sagte sie so ruhig, wie sie konnte.

»Vielleicht sah der Einbrecher das anders und vermutete, dass Sie Informationen zurückhalten, die Sie im nächsten Artikel verwenden wollen.«

»Ein Fan, der es vor Neugierde nicht aushielt, bis ich wieder etwas veröffentliche?« Dieses Mal hielt auch sie ihren Sarkasmus nicht zurück.

»Oder jemand, der tiefer in die Todesfälle involviert ist, als Sie annehmen.«

»Der Täter?« Der Gedanke, dass ein Mörder in ihre Wohnung eingedrungen war, erschien ihr genauso plausibel wie erschreckend.

»Vielleicht sollten Sie für eine Weile wieder nach Hause ziehen«, schlug Rousseau vor. »Oder einen längeren Urlaub antreten, bis wir ihn geschnappt haben.«

Damit ich dir nicht in die Quere komme, dachte sie. *Das könnte dir so passen.*

»Zu Hause bin ich ebenfalls allein. Meine Familie ist noch am Mittelmeer bei Verwandten. Hier in der Bégude wohnen Freunde und wir haben einen Wachhund.«

»Besonders wachsam scheint er nicht gewesen zu sein.« Der Capitaine lächelte abfällig. »Was lag auf Ihrem Schreibtisch? Alles, was den Fall betrifft, ist wichtig.«

»Der Computer ist passwortgeschützt und die Dateien, an denen ich arbeite, sind verschlüsselt. Ich glaube nicht, dass er an irgendwelche Informationen über die geplanten Berichte kam. Ansonsten ein Haufen Zettel mit Notizen, aber die meisten Sachen habe ich bereits veröffentlicht. Was in den nächsten Artikel kommt, steht in meinem Notizbuch, das ich dabeihatte.« Adeline zeigte auf ihren Tagesrucksack, der auf dem Gepäckträger der Vespa befestigt war. »Und der Rucksack, den ich heute Morgen zufällig entdeckt habe, liegt in der Polizeistation.«

»Der wird gerade im Labor in Nîmes untersucht.«

»Ich bin mir sicher, er gehörte Maurice Pastel. Jedenfalls hatte er einen identischen, als er am Abend vor seinem Tod die Bégude verließ.« Dass sie seine Visitenkarte gefunden und die Geldbörse durchsucht hatte, erwähnte sie ihm gegenüber nicht. »Bei der Rückkehr ist mir Monsieur Egmont begegnet, der hier in der Bégude wohnt. Es ist gut möglich, dass er gesehen hat, was sich in der Plastiktüte befand.«

»Wir werden uns mit ihm unterhalten.«

»Was unternehmen Sie jetzt?«, fragte Adeline.

»Sie bleiben hier sitzen, ich gehe in den Turm und schaue mich um. Danach warten wir, bis die Spurensicherung aus Nîmes eintrifft.«

»Ich muss arbeiten«, protestierte sie vehement. »Dafür brauche ich den Computer.«

»Geduld ist eine Tugend«, sagte Rousseau, der es sichtlich genoss, am längeren Hebel zu sitzen. »Sie wollen doch ebenfalls, dass wir ermitteln, wer bei Ihnen eingebrochen ist. Nicht wahr?«

»Na gut.« Es war sinnlos, zu streiten, und sie gab den Widerstand auf. Vielleicht würden sie sogar etwas herausfinden. Etwas, das der Polizei beim Einbruch in Maurice Pastels Zimmer nicht gelungen war. *Oder sie verschweigen es mir.*

»Ich lade dich zum Essen ein«, bot Sébastien ein.

»Ein vernünftiger Vorschlag«, kommentierte Capitaine Rousseau. »Ich würde das Angebot annehmen.« Er grinste süffisant, drehte sich um und ging in den Turm. Der Chef de Police folgte ihm.

»Du sagtest, der Schreibtisch wurde durchsucht. Gibt es Dokumente, Dateien oder Notizen, die gestohlen wurden?«, fragte Sébastien. »Irgendetwas, das dem Einbrecher nützen könnte?«

»Eigentlich nicht.« Adeline stutzte. »Vielleicht doch.« Sie hatte den Zettel mit der Visitenkarte fotografiert und später ausgedruckt. Er lag auf ihren Unterlagen. Der Einbrecher musste ihn gesehen haben. Falls es derselbe Kerl war, der auch in Pastels Zimmer eingebrochen war, besaß er die gleiche Information wie sie und damit den Zugriff auf die Fotos in Pastels Cloudspeicher. Wobei sie nicht wusste, was die Bilder ihm nützen sollten. Alle wussten, dass der Mann die Gegend absuchte, und die Aufnahmen zeigten nichts Auffälliges.

»Wir müssen los«, rief sie und sprang auf.

»Wohin?« Er sah sie erstaunt an. »Bist du so hungrig?«

»Nicht essen. Wir müssen jemanden warnen. Wenn mich nicht alles täuscht, weiß Egmont jetzt, wo er Duran finden kann.«

»Falls er tatsächlich ein Komplize von Pastel war, wird der es ihm doch schon längst verraten haben, wo er sich versteckt.«

»Oder er hat es für sich behalten, um die Beute nicht teilen zu müssen. Vielleicht haben sie deswegen am Abend vor der Bégude gestritten.«

»Wen willst du warnen?«

»Aurélie Benoît.«

»Die Winzerin?«, fragte er verblüfft. »Sie ist eine knallharte Geschäftsfrau, aber keine Räuberin.«

»Ihr Vater vielleicht schon.«

»Wie kommst du darauf?«

»Erkläre ich dir unterwegs.« Sie nahm seine Hand und zog ihn von der Bank hoch.

»Oh nein. Ich sitze nicht auf dem Ding hinter dir«, sagte er mit einer abwehrenden Geste. »Wir nehmen den Wagen.«

»Alles klar, dann los.«

Sie liefen aus der Bégude und sprangen in sein Auto, das auf dem Parkplatz vor dem Tor stand.

»Zum Weingut.« Adeline zeigte in die Richtung, in der er fahren musste.

Überfall

Kurz darauf bog Sébastien auf den Hof des Weinguts Benoît ein. Er bremste und sie sprang bereits aus dem Wagen, bevor er komplett stand.

»Aurélie«, rief Adeline.

Ein Arbeiter kam aus der Werkstatt und sah sie verblüfft an.

»Was ist los?« Die Frau kam aus dem Haupthaus und winkte ihrem Angestellten, das alles in Ordnung wäre.

»Gut, dass ich dich treffe.«

»Wo sollte ich sonst sein? Die Arbeit macht sich nicht, wenn ich mir frei nehme und auf der faulen Haut liege.«

»Ich will dich warnen.«

»Mich?«, erwiderte sie irritiert. »Wovor? Klaut jemand meine Weintrauben oder hast du die ersten Anzeichen von Mehltau auf den Blättern entdeckt?« Winzige Falten um ihre Augen vertieften sich und ein sanftes Lächeln spielte an ihren Mundwinkeln. Die Frau nahm sie nicht ernst.

»Der Mörder könnte es auf dich abgesehen haben«, sagte sie eindringlich.

»Auf mich?« Das Lächeln verschwand und Aurélie schüttelte erstaunt den Kopf. »Wieso sollte er?«

Adeline trat dichter zu ihr.

»Ich habe es geschafft, den Speicher von Pastel zu knacken und habe mir seine Fotos angesehen.«

»Das war der Mann, der von der Klippe gefallen ist, nicht wahr?«

»Er wurde ermordet«, sagte sie eindringlich. »Genau wie der Kerl in dem Wagen in der Scheune auf deinem Land. Sie gehört doch dir?«

»Wahrscheinlich. Ich habe das Land gekauft, um meine Anbaufläche zu erweitern. Die Ruine war eine kostenlose Zugabe, in die ich nie einen Blick geworfen habe. Wieso auch? Wir konnten damit nichts anfangen.«

»Jemand hielt sie für ein perfektes Versteck. Derjenige, der das Auto dort abgestellt hat, wusste, dass niemand die Scheune betreten würde.«

»Jeder, der sich das Gemäuer ansieht, weiß, dass sie nicht benutzt wird. Aber was habe ich damit zu tun?«

Adeline sah zu dem Arbeiter, der wieder in der Werkstatt verschwand. Sie zog es vor, wenn niemand hörte, was sie zu sagen hatte.

»Maurice Pastel und wahrscheinlich auch sein Komplize Tahar Djeba haben vor acht Jahren einen Juwelier in Marseille überfallen. Einer von ihnen, der sich Charles Duran nannte, hat die anderen übers Ohr gehauen und ist mit der Beute verschwunden.«

»Ein Dieb beklaut andere Diebe. Nichts weltbewegend Neues.«

»Nur dass sich dieser Dieb in unsere Gegend abgesetzt hat und hier unter falschem Namen lebt.«

Aurélie zuckte mit den Schultern, sie konnte den Zusammenhang noch immer nicht erkennen.

»Pastel und Djeba haben das Weingut intensiv beobachtet und wurden auf deinem Land umgebracht.«

»Es ist ja nicht so, als hätte ich sie ermordet«, erwiderte Aurélie. »Die Polizei wird das aufklären. Vielleicht nicht gerade Mathieu, aber die Polizisten aus Nîmes machen einen professionellen Eindruck.«

»Die beiden Männer haben wahrscheinlich angenommen, dass du im Besitz der Beute sein könntest. Deswegen die vielen Fotos von dir und dem Gut.«

»Ich?«, sprudelte es erstaunt aus ihr heraus. »Sehe ich aus wie eine Juwelenräuberin, die auf Beutezug in Marseille war?«

»Du vielleicht nicht«, sagte Adeline und schwieg. Die Andeutung lag deutlich in der Luft.

»Das ist ein Witz, nicht wahr?« Ihr Blick wanderte fragend zu Sébastien, der neben dem Auto stand, als ob sie sich von ihm Aufklärung versprach.

»Es heißt, du hättest das Gut in einem miserablen Zustand übernommen. Jetzt steht es glänzend da. Das brauchte einiges an Investitionen. Irgendwoher muss das Geld gekommen sein.«

»Du spielst auf meinen Vater an, nicht wahr? Er war kein Chorknabe, aber er hat sich bestimmt nicht mit Kriminellen eingelassen.«

Adeline sah sie wortlos an, bis Aurélie tief seufzte.

»Na gut. Er war ein ziemlicher Lebemann, ein überdurchschnittlich begabter und konservativer Politiker, aber als Geschäftsmann hätte er problemlos bei den Sozialisten anheuern können. Er gab lieber Geld aus, als es zu verdienen.«

»Er ist etwa ein Jahr nach dem Raubüberfall gestorben.«

»Und hat mir das Gut vermacht.« Sie trat einen Schritt zurück und setzte sich auf eine der breiten Treppenstufen, die zum Eingang des Gutshauses führte.

»Die Kassen waren leer und ich stand mit einem Haufen Schulden da. Das ist kein Geheimnis. Die Beute aus dem Überfall hätte ich gut gebrauchen können, doch da war nichts.« Aurélie schaute Adeline in die Augen. »Ich lese deine Artikel, die sind bestens recherchiert, aber hiermit verrennst du dich in Hirngespinste.«

»Woher kommt das Geld für die Investitionen?« Ihr war klar, dass sie das nicht das Geringste anging und sie wunderte sich, dass Aurélie sie nicht schon längst rausgeschmissen hatte.

»Was wir besaßen, war ein exzellenter Weinkeller, mit einigen überaus seltenen Flaschen. Die habe ich in Paris auf einer Auktion losgeschlagen. Zu meinem Glück konnte ich für den Anbau ungeeignete Flächen als Bauland und für einen Campingplatz verkaufen, das hat das Gut über die ersten Jahre gebracht. Als das Geschäft besser lief, bekam ich auch wieder Kredite von den Banken, um die Anbauflächen zu erweitern. Es war eine harte Zeit, aber jetzt läuft es gut für mich.«

»Das wusste ich nicht«, gestand Adeline ein und setzte sich neben sie. Sébastien blieb am Wagen stehen und betrachtete die beiden, ohne sich einzumischen.

»Du hättest deine Tante fragen sollen. Sie hat mir einige hilfreiche Ratschläge gegeben. Ich habe nie ein Geheimnis aus meinen finanziellen Problemen gemacht. So wie mein Vater es leider getan hat.«

»Sie haben das Gut beobachtet. Wenn sie nicht an dir interessiert waren, dann ...« Bevor Adeline ihren Verdacht aussprechen konnte, knallte es mehrmals. Aurélie sprang auf und starrte den Weg hinunter, den Adeline und Sébastien gekommen waren.

»Das waren Schüsse«, rief sie.

»In der Richtung wohnt nur Hubert.«

»Dann müssen wir dorthin, nachsehen, was ihm zugestoßen ist.« Sébastien setzte sich in den Wagen und startete den Motor. Ohne weiter zu überlegen, sprangen die beiden Frauen hinein.

Vor Huberts Haus stand ein silberner Peugeot. Ein Mann tauchte hinter der Gartenmauer auf, humpelte zum Wagen und raste davon.

»Das war Egmont«, rief Adeline vom Rücksitz. »Ich habe ihn genau erkannt. Er hatte eine Pistole in der Hand.«

»Soll ich hinterher?«, fragte Sébastien.

»Nein«, fuhr ihn Aurélie an. »Das waren Schüsse. Wir müssen nachsehen, wie es Hubert geht. Vielleicht ist er verletzt und braucht unsere Hilfe.«

Sébastien bremste hart ab und hielt vor dem Gartentor. Egmonts Auto bog am Ende des Feldwegs auf die Hauptstraße ab und verschwand aus ihrer Sicht. Die beiden Frauen rannten augenblicklich zum Haus, während Sébastien die Polizei benachrichtigte. Die Tür stand offen, es roch nach Schießpulver und jemand stöhnte vor Schmerzen.

»Da ist er.« Aurélie riss die Tür zum Wohnzimmer auf. Hubert lag auf dem Sofa. Blut strömte aus einer Wunde an der Schulter. Auf dem Boden lag ein Schrotgewehr, mit dem er auf Egmont gefeuert und wohl auch getroffen hatte.

Aurélie verschwand ins Badezimmer und kam mit Handtüchern und einem Verbandkasten zurück. Durch das offenstehende Fenster hörte Adeline Sébastien mit der Polizei sprechen. *Wenigstens ein Verbrechen in Beauregard, das nicht ich melde. Das wird Passard freuen. Es wird ihn weniger freuen, mich hier zu sehen.*

»Was ist passiert? Wieso hat er auf dich geschossen?«, drängte Aurélie ihren Vorarbeiter, während sie mit der Schere das Hemd an der Schulter zerschnitt. Blut rann aus der Schusswunde und sie drückte ein Handtuch fest dagegen.

»Ich werde es überleben«, presste Hubert heraus. »Aber den Kerl habe ich auch erwischt.«

»Was wollte er von dir?«

»Keine Ahnung.« Seine Stimme wurde schwächer und sein Kopf fiel nach vorne. Der Blutverlust setzte ihm zu.

Adeline sah sich um. Anzeichen eines Kampfes konnte sie nicht erkennen, der Überfall musste sich rasend schnell abgespielt haben. Nur das Aquarium hatte einen Treffer abbekommen. Aus einem Loch in der Scheibe lief Wasser auf den Holzfußboden. Die Fische drängten sich in der vielleicht drei Finger breiten Pfütze über dem Kiesboden. Die Wasserpflanzen lagen auf dem Wrack aus Plastik.

Aurélie hatte die Schulter notdürftig verbunden. Das Handtuch war blutdurchtränkt, doch die Blutung schien zum Stillstand gekommen zu sein. *Hoffentlich kommt der Rettungswagen rasch.* Adeline schaute zu Hubert. Er lag auf dem Sofa. Aurélie schob ihm ein Kissen unter den Kopf und deckte ihn mit einer Wolldecke, die sie aus dem Schlafzimmer geholt hatte, zu. Seine Augen waren geschlossen und er atmete leise und gleichmäßig, als wäre er eingeschlafen.

»Durch den Blutverlust friert man schnell«, erklärte Aurélie. Ihrer Besorgnis nach, schätzte sie Hubert sehr. Der Mann stellte mehr für sie dar als einen gewöhnlichen Mitarbeiter, er gehörte zur Familie.

Adeline betrachtete ihn. Egmont hatte auf ihn geschossen. Er musste der gesuchte Charles Duran sein. Es gab keine andere

Erklärung. Irgendwo hatte er die Diamanten und den Schmuck versteckt.

Sie ging zum Aquarium. Der Wasserstand hatte inzwischen die Höhe des Einschusslochs erreicht. Zu ihrer Erleichterung floss kein weiteres Wasser mehr heraus. Es reichte, dass die Fische überleben würden. Hubert würde wohl eine Weile im Krankenhaus verbringen und sich nicht um seine Lieblinge kümmern können. Sie vermutete, dass die Polizei ihn auch wegen des Raubs in Marseille verdächtigen würde. Sobald sie Egmont schnappten, würde er sicher auspacken. Noch war der Überfall nicht verjährt und Hubert konnte für einige Jahre ins Gefängnis wandern, sollte Capitaine Rousseau ihm die Tat nachweisen können. Adeline zweifelte nicht daran, dass es sich bei ihm um Charles Duran handelte, und es schmerzte sie, sich so sehr in dem Mann getäuscht zu haben.

»Ich sorge für euch«, sagte sie zu den Fischen.

Adeline öffnete die Dose mit dem Fischfutter und hielt den Atem an. Auf dem Boden lag eine graue Speicherkarte. Sie kippte den Inhalt der Dose auf die Kommode. Bei ihrem Besuch hatte sie keine elektronischen Geräte gesehen, weder einen Fernseher noch ein Radio. Sie konnte sich nicht vorstellen, wofür Hubert eine Speicherkarte gebraucht haben könnte. Die einzige Möglichkeit, die ihr einfiel, war die Kamera von Maurice Pastel. Lieutenant Gaudry hatte es bestätigt, die Speicherkarte fehlte, als sie gefunden worden war. Sie betrachtete sie und bedauerte es, ihre Kamera oder ihren Laptop nicht dabei zu haben, um einen Blick darauf zu werfen. Sie ließ erschöpft die Schultern sinken, das war der Beweis für seine Schuld am Tod von Pastel. *Wie hätte er sonst an die Karte kommen sollen?*

Capitaine Rousseau baute sich breitbeinig vor Adeline auf, die auf dem Beifahrersitz von Sébastiens Auto saß und zu den Sanitätern sah, die Hubert auf einer Trage in den Rettungswagen brachten und losfuhren. Aurélie stand auf dem Weg und schaute ihnen hinterher.

»Wieso?«, fragte der Polizist.
Adeline musste nicht überlegen, um zu wissen, wovon er sprach. Der Mann war sichtlich davon angefressen, sie an jedem Tatort anzutreffen.
»Wir waren zufällig bei Aurélie Benoît auf dem Weingut, als wir die Schüsse hörten. Selbstverständlich sind wir in den Wagen gesprungen und hergefahren.«
»Um was zu tun? Sich in eine Schießerei einzumischen? Wie wollten Sie mit dem Angreifer fertigwerden, mit Steinen werfen?«
»Wir konnten doch nicht rumstehen und nichts tun.«
»Besser als sich selbst eine Kugel einzufangen. Beim nächsten Mal rufen Sie die Polizei sofort an, statt die Heldin zu spielen.«
»Bis sie angekommen wäre, hätte Hubert schon verblutet sein können. Außerdem war Aurélie die Heldin, ich bin nur hinterhergelaufen und habe zugesehen.«
»Und was ist Ihnen beim Zusehen aufgefallen?« Er zückte einen Block und einen Stift und sah sie auffordernd an. Lieutenant Gaudry kam aus dem Haus und trat zu ihm.
»Wir haben es mehrmals knallen hören, mindestens dreimal. Unterschiedlich laut.« Sie sah zu Sébastien, der zustimmend nickte. »Mir war nicht klar, um was es sich handelte, aber Aurélie erkannte, dass es Schüsse waren.«
»Und dann sind Sie augenblicklich hergefahren? Wie lange hat das gedauert?«
»Es ist höchstens ein halber Kilometer bis zum Weingut. Vielleicht eine Minute.«
»Ist Ihnen etwas aufgefallen?«
»Ein Mann kam aus dem Haus. Er humpelte und stieg in einen Peugeot, soweit ich sehen konnte ein 306. Als er uns sah, raste er davon.«
»Haben Sie das Nummernschild erkannt?«
»Nein, aber es war Monsieur Egmont, da bin ich mir sicher.«
»Wie sicher?«, hakte er nach.

»Der Mann wohnt in der Bégude. Ich habe mich mit ihm mehrmals unterhalten und ihn jeden Abend beim Essen gesehen. Ich habe keinen Zweifel, dass es sich um ihn handelte.«

Der Polizist sah fragend zu Sébastien.

»Ich kenne den Mann nicht, aber es war ein Kerl mit Glatze«, erwiderte er.

»Hatte er eine Waffe dabei?«, fuhr er mit der Befragung fort.

»Er hielt eine Pistole in der Hand«, sagte Adeline.

»Organisieren Sie die Fahndung«, wandte er sich an seine Assistentin.

»Wird gemacht«, sagte sie und ging zu ihrem Wagen. Adeline beobachtete sie, wie sie telefonierte.

»Gibt es sonst noch etwas, das Sie aussagen möchten?«

»Oh ja. In einer Dose mit Trockenfutter für die Fische lag eine Speicherkarte. Ich könnte mir vorstellen, dass sie aus der Kamera von Maurice Pastel entwendet wurde«, sagte Adeline.

»Wie kommen Sie darauf?«

»Hubert lebt bescheiden. Ich habe keinen Fernseher, Radio oder Computer bemerkt. Ich bezweifle, dass er eine Kamera besitzt. Was wollte er also mit einer solchen Speicherkarte?«

»Wir werden sie uns ansehen«, versprach der Polizist und seinem abweisenden Gesichtsausdruck entnahm Adeline, dass er sie nicht darüber informieren würde, was die Polizei darauf finden würde.

»Sie haben sicher den Cloudspeicher von Maurice Pastel untersucht.« Sie wollte auf den Busch klopfen und sehen, ob sie etwas in Erfahrung bringen konnte.

»Den was?«

»In seinem Zimmer lag eine Quittung für den Kauf der Kamera mit dem Passwort für den Cloudspeicher, auf den die Bilder automatisch hochgeladen werden können, sobald eine Internetverbindung besteht.«

»Es wurde keine Quittung gefunden«, sagte Lieutenant Gaudry, die ihr Telefonat beendet hatte und zurückgekommen war.

»Die muss dann der Dieb mitgenommen haben.«

Dass sie ein Foto der Quittung besaß, verschwieg sie. Die Bilder auf der Speicherkarte würden der Polizei ausreichen. Sie hatte nicht vor, Capitaine Rousseau weiter zu reizen oder ihm eine Gelegenheit zu geben, ihr vorzuwerfen, Beweismaterial zurückzuhalten. Der Mann war sowieso schon schlecht auf sie zu sprechen.

»Sie können nach Hause fahren, wir müssen uns um den Tatort kümmern«, sagte Capitaine Rousseau. Lieutenant Gaudry stieg zu einem Polizisten in den Streifenwagen und fuhr davon.

»Eine Bitte hätte ich noch.«

»Und die wäre?«

»Ein Schuss hat die Scheibe des Aquariums getroffen, wenn sie nicht repariert wird, sind sie bald tot. Hubert waren die Fische wichtig. Ich würde mich gerne um sie kümmern, bis er aus dem Krankenhaus entlassen wird.«

»Kein Problem«, sagte er. »Aber stellen Sie sich darauf ein, sich länger um die Fische zu kümmern. Sollte es sich bei dem Mann tatsächlich um den gesuchten Charles Duran handeln, wird er die nächsten Jahre im Gefängnis verbringen.«

»Wegen des Raubüberfalls in Marseille?«

»Sie vergessen die beiden Toten, über die Sie so eifrig im Internet berichten«, sagte er in einem abfälligen Ton, als hätte sich seine Einstellung, sie nicht ernst zu nehmen, als richtig herausgestellt.

»Tue ich nicht. Aber welche Beweise haben Sie, dass Hubert dahintersteckt?« Sie wollte aus ihm herauslocken, ob es noch etwas gab, das ihn mit den Morden in Verbindung brachte, außer dem, was sie bereits wusste.

»Ist das nicht offensichtlich? Wer hätte sonst ein Interesse daran, die beiden Männer, die hinter ihm und der Beute her waren, aus dem Weg zu räumen? Und Sie haben mir einen weiteren Hinweis geliefert, der ihn mit dem zweiten Toten in Verbindung bringen kann. Wer außer seinem Mörder hätte die Speicherkarte aus der Kamera nehmen können? Und jetzt holen Sie Ihr Aquarium und verschwinden Sie von meinem Tatort.«

Capitaine Rousseau wandte sich ab und ging zu den Kriminaltechnikern, die an ihrem Van standen. Sie sah ihm enttäuscht nach, ein paar weitere Informationen wären hilfreich gewesen, aber der Mann gab nichts von seinem Wissen preis.

»Kann ich das Aquarium im Auto mitnehmen?«, fragte sie Sébastien. »Es könnte allerdings etwas nass werden.«

»Kein Problem, ich helfe dir schleppen.«

»Nicht nötig, es ist nur ein kleines. Das schaffe ich schon.«

Sie ging ins Haus. An der Tür blieb sie stehen. Eine Frau von der Spurensicherung fotografierte das Sofa und die Blutflecken auf dem Fußboden.

»Capitaine Rousseau hat mir erlaubt, das Aquarium mitzunehmen, bevor die Fische eingehen«, sagte sie, als die Frau zu ihr sah.

»Das geht nicht«, antwortete sie und schüttelte ungläubig den Kopf. »Das ist ein Beweismittel, schließlich wurde es von einer Kugel getroffen.«

»Aber die Fische sterben sonst«, bat sie drängend.

»Die Fische kannst du haben«, sagte sie zu ihrer Freude.

Die Frau ging in die Küche und kam mit einer Weinkaraffe und einem Kaffeebecher zurück. Mit dem Becher schöpfte sie Wasser aus dem Aquarium, bis die Karaffe zu einem Drittel gefüllt war. »Das ist besser als Leitungswasser«, sagte sie und stellte sie auf den Tisch. »Zum Glück sind es Süßwasserfische.«

Adeline fasste ins Aquarium und griff eine Handvoll vom Kies, den sie in die Karaffe warf. »Dann fühlen sie sich wie zu Hause«, murmelte sie. Mit einem kleinen Käscher, der auf dem Regal neben dem Futter lag, fing sie die Fische ein und verfrachtete sie ebenfalls in ihr neues Zuhause. Danach füllte sie den Krug mit dem restlichen Wasser aus dem Aquarium auf.

»Danke.«

»Nimm dir was von dem Futter mit.« Die Frau reichte ihr eine von den Dosen, auf denen Fische aufgedruckt waren. »Sieh zu, dass du sie lebendig nach Hause bringst.«

Sie verabschiedete sich und ging zu Sébastien, der sie zur Bégude fuhr.

In der Bégude de Sainte-Claire

Vor dem Tor zur Bégude stand ein Streifenwagen. Adeline vermutete, es war der Wagen, mit dem Lieutenant Gaudry den Tatort verlassen hatte.

»Sie sind bestimmt auf der Suche nach diesem Egmont«, sagte Sébastien. »Ich kann im Château anrufen, dass ich etwas später komme, und dich begleiten.«

»Danke, das ist lieb von dir, aber unnötig. Was soll mir zustoßen, wenn die Polizei bereits im Haus ist?«

»Der Kerl könnte sich in seinem Zimmer verschanzen und sich ein Feuergefecht mit ihnen liefern.«

»Sei nicht so dramatisch«, sagte sie, beugte sich zu ihm und küsste ihn zum Abschied. Dieses Mal nicht auf die Wange und deutlich länger. »Vielen Dank. Ich war froh, dass du dabei warst.«

»War ich auch. Mit dir wird es auf keinen Fall langweilig. Versprich mir, dass du gut auf dich aufpasst. Ich möchte nicht, dass dir etwas zustößt.«

»Der Kerl wird mir sicherlich nicht in der Bégude auflauern. Wir haben gesehen, wie er humpelte. Hubert hat ihn mit der Schrotflinte erwischt. Er wird froh sein, zu einem Arzt zu kommen. Ich bin gerade seine geringste Sorge.«

»Na gut«, sagte er zögerlich. »Ruf mich jederzeit an, falls du Hilfe brauchst. Es ist ja nur ein Katzensprung vom Château bis hierher.«

»Mache ich«, versprach sie. »Schließlich schuldest du mit noch eine Einladung zum Essen.« Sie warf ihm ein Lächeln zu und stieg aus, die Weinkaraffe mit den Fischen in der Hand. Auf jeden Fall brauchte sie ein größeres Gefäß für die Tiere.

Sie winkte ihm zu, als er wegfuhr und ging in den Innenhof, in der Hoffnung, auf Lieutenant Gaudry zu stoßen, der sie vielleicht noch ein paar Informationen abschwatzen konnte.

Zu ihrer Enttäuschung war von der Polizistin nichts zu sehen, aber Charlotte saß in einem der großen Korbsessel und strickte Babysachen.

»Die Polizei ist im Haus?«, fragte Adeline und setzte sich zu ihr.

»Ja. Sie suchen nach Monsieur Egmont.«

»Ich weiß.« Sie erzählte knapp, was geschehen war.

»Wenn wir weiter Gäste in diesem Tempo verlieren, gehen unsere Bewertungen runter«, sagte Charlotte und lachte bitter.

»Das tut mir leid.«

»Es könnte schlimmer sein. Pastel und Egmont haben immerhin ihren Aufenthalt im Voraus per Kreditkarte bezahlt. Auf der Rechnung bleiben wir also nicht sitzen und eine schlechte Bewertung werden sie nicht mehr verfassen können«, scherzte Charlotte.

»Wenigstens etwas.«

»Schreib mal einen Artikel über uns. Das hilft dem Geschäft, da du ja jetzt berühmt bist.«

»*Berühmt* ist deutlich übertrieben. Momentan habe ich fast ausschließlich Leser aus Beauregard und der näheren Umgebung. Sobald sich meine Reichweite vergrößert, mache ich das. Versprochen.«

»Du hast Haustiere mitgebracht.« Charlotte zeigte auf den Glaskrug, in dem die Fische schwammen.

»Die gehören Hubert. Irgendwer muss sich um sie kümmern, bis er aus dem Krankenhaus entlassen wird. Falls er nicht direkt ins Gefängnis wandert.«

»Wer hätte ihm das zugetraut? Zu klauen ist schon schlimm genug, aber dann auch noch zwei meiner Gäste umzubringen und einen anzuschießen ...« Charlotte schüttelte sich vor Abscheu.

»Ob er die Männer umgebracht hat, ist nicht bewiesen, genauso wenig, dass es sich bei ihm um einen Räuber handelt«, warf sie schüchtern ein, doch Charlotte wischte es mit einer harschen Handbewegung weg.

»Wer soll es sonst gewesen sein?«

»Keine Ahnung«, gab Adeline zu. Sie dachte an die Speicherkarte, die sie bei ihm gefunden hatte. Es war nicht zu bestreiten, sie brachte ihn direkt mit dem Mord an Pastel in Verbindung. Dass Egmont sie mitgebracht und bei Hubert versteckt hatte, um ihm den Mord anzuhängen, war jedoch ebenfalls eine Möglichkeit. Sie vermutete, der Mann hatte Erfahrungen mit Einbrüchen und steckte auch hinter dem Einbruch in den Turm.

»Ich bringe die Fische in Sicherheit«, sagte sie und stand auf.

»Ist besser so, falls Voltaire kommt und den Krug umschmeißt. Ich glaube, wir haben ein altes Aquarium im Keller. Ich frage Philippe, ob er nachschauen kann. Dann bekommst du es.«

»Das ist lieb von euch.« Sie nahm die Karaffe und ging zum Turm.

Adeline saß am Computer, tippte den Text für den nächsten Artikel und suchte die passendsten Videostellen heraus. Es war seit gestern so viel geschehen, dass sie bis spät abends daran arbeiten würde.

Es klopfte und Lieutenant Gaudry trat ein.

»Schon am nächsten Artikel?«, fragte die Polizistin und zog einen Stuhl vor den Schreibtisch. Sie wollte demnach mehr, als nur sehen, ob es ihrer Zeugin gut ging.

»Ich muss mich ranhalten, um vor den Zeitungen etwas rausbringen zu können. Ich bin nur eine Einzelkämpferin und die haben ganze Redaktionen.«

»Deren Journalisten stolpern nicht über Leichen und haben kein Tatortwissen.« Ein anklagender Ton lag in ihrer Stimme. Lieutenant Gaudry war zwar weniger abweisend als ihr Chef, doch besonders froh war sie ebenfalls nicht über Adelines Recherchen.

Adeline schob die Tastatur zur Seite und stützte sich auf die Schreibtischplatte. »Mir wäre es auch lieber, hier würde niemand zu Tode kommen. Aber wenn es geschieht, schreibe ich darüber.«

»Wir haben nichts dagegen. Solange es Fakten sind.« Die Frau war demnach nicht hier, um sie einzuschüchtern oder ihren Artikel zu verhindern.

»Vielen Dank, dass Sie meinen Turm nach dem Einbruch so rasch wieder freigegeben haben. Sonst hätte ich mich in den Hof oder die Remise setzen müssen.«

»Wir haben nicht vor, dich in deiner Arbeit zu behindern. Du hast auf Details verzichtet, als wir dich darum gebeten haben, dafür sind wir dankbar.«

»Wirklich?«, fragte sie erstaunt.

»Dankbar genug, zu vergessen, dass du uns Informationen über Pastels Fotos verschwiegen hast«, sagte sie zu Adelines Überraschung. »Das mit der Quittung und dem Cloudspeicher hätte uns bei den Ermittlungen geholfen.«

»Ich hatte angenommen, dass die Kriminaltechniker die Quittung finden. Ich habe nicht geahnt, dass der Einbrecher sie mitgenommen hat, sonst hätte ich sie erwähnt. Tut mir leid.«

»Wir haben sie heute gefunden.«

»Wo war sie?«

»Im Zimmer von Pierre Egmont«, erwiderte Lieutenant Gaudry.

»Dann war er es, der bei Pastel eingebrochen ist?«

»Sieht ganz so aus.«

»Dann steckt er wahrscheinlich auch hinter dem Einbruch in meinen Turm. Hat die Spurensicherung vielleicht seine Fingerabdrücke gefunden?«

»Dazu kann ich nichts sagen. Wir warten noch auf den Bericht.«

»Informieren Sie mich, sobald Sie mehr wissen?«, fragte Adeline.

»Sicher, schließlich bist du die Betroffene.«

»Danke.« Sie vermutete, dass es ihr freistand, über den Einbruch zu schreiben, solange sie die Namen der Verdächtigen verschwieg.

»Deine Vermutung war übrigens richtig. Die Speicherkarte stammt aus der Kamera von Pastel. Wir haben inzwischen auch den Zugang zum Cloudspeicher.«

»Was befand sich auf der Karte? Falls ich das wissen darf.«

»Nichts Besonderes. Mehr oder weniger die gleichen Bilder, die er schon in den Tagen davor geschossen hat. Hauptsächlich das Weingut, Mademoiselle Benoît, Hubert, die Angestellten, aber auch einen anderen Gast der Bégude, der eine Kiste Wein gekauft hat. Natürlich das Häuschen von Hubert Tremoin. Er hat ihn erkannt. So viel scheint sicher zu sein.«

»Wenn es die Speicherkarte von Monsieur Pastel ist, dann ...«

»Dann spricht vieles dafür, dass Tremoin ihn von hinten geschlagen und die Klippe hinuntergestoßen hat«, vollendete die Polizistin ihren Satz.

»Das hätte ich ihm nie zugetraut, er war stets so freundlich.«

»Man sieht Menschen oft nicht an, was in ihnen steckt.«

»Aber einen Kerl wie Maurice Pastel umzubringen ... Der war einen Kopf größer und fast doppelt so schwer. Wieso hat er Hubert den Rücken zugewandt?« Momentan ergab es für sie keinen Sinn. Statt Antworten hatte sie nur noch mehr Fragen.

»Das werden wir herausfinden, sobald wir ihn befragen. Capitaine Rousseau ist auf dem Weg zu ihm ins Krankenhaus.«

»Wie steht es um ihn?«

»Die Schusswunde ist nicht tödlich. Aber er wird eine Weile ans Bett gefesselt sein, und das im wahrsten Sinn des Wortes.« Sie holte Handschellen aus der hinteren Hosentasche und hielt sie hoch.

»Haben die Kriminaltechniker die Beute des Überfalls gefunden?«

»Das bleibt unter uns?«

»Versprochen.«

»Nein. In seinem Haus befand sich nichts von Wert. Er muss die Sachen woanders versteckt haben. Oder Egmont hat sie gefunden und ist mit der Beute auf der Flucht.«

»Er ist Ihnen entwischt?«

»Vom Tatort aus ist er geflüchtet, ohne seine Sachen aus seinem Zimmer zu holen. Wozu auch? Da sein Opfer überlebt hat, ist seine Identität aufgeflogen. Ihm bleibt nur die Flucht.«

»Er wird nicht weit kommen«, vermutete Adeline.

»Denke ich auch nicht. Egmont wird einen Arzt brauchen, der die Schrotkörner rausholt und ihn zusammenflickt. Es ist nur eine Frage der Zeit, bis wir ihn fassen. Die Spurensicherung ist im Haus von Hubert Tremoin fertig und durchsucht jetzt Egmonts Gästezimmer.«

»Was ist mit Tahar Djeba?« Adeline nutzte die Gelegenheit, die Frau auszufragen, wenn sie so wohlwollend gestimmt war.

»Können wir nichts zu sagen, außer dass er mit einer Schrotflinte erschossen wurde und wir bei Monsieur Tremoin eine gefunden haben. Ob es sich um dieselbe handelt, lässt sich nicht nachweisen. Aber es erscheint wahrscheinlich.«

»Darf ich das veröffentlichen?«

»Du kannst schreiben, dass Djeba mit einer Schrotflinte erschossen wurde und Hubert Tremoin ebenfalls mit einer auf seinen Angreifer geschossen hat. Auf Spekulationen würde ich an deiner Stelle verzichten. Es wird kaum möglich sein, nachzuweisen, dass der Schuss auf Djeba aus dieser Waffe kam.«

»Ich werde daran denken«, versprach sie. Tatsächlich sträubte sich alles in ihr, Hubert überhaupt mit den beiden Morden in Verbindung zu bringen.

»Dann überlasse ich dich jetzt deiner Arbeit«, verabschiedete sich Lieutenant Gaudry.

Adeline blieb am Schreibtisch sitzen und fragte sich, wieso die Frau zu ihr gekommen war. Sie hatte keine Frage gestellt. Die einzige Möglichkeit war, dass sie sich vergewissern wollte, dass es ihr den Umständen entsprechend gut ging. Fast in eine Schießerei zu geraten und einen Verwundeten zu finden, war nichts Alltägliches. Selbst für die Polizei.

Adeline beendete das Video und lud es auf ihren Nachrichtenkanal hoch. Sie war glücklich, dass die Zahl der Zuschauer stetig anstieg, aber es war keine ungetrübte Freude. Sie sträubte sich dagegen, einen Bewohner von Beauregard, den sie schätzen gelernt hatte, als Mordverdächtigen in zwei Fällen zu sehen und darüber zu berichten. Sie hatte sich entschieden, in der Reportage nicht auf diese Vermutungen einzugehen, bis die Polizei ein Statement herausgab, das Hubert als Verdächtigen nannte.

Sie hatte bereits bei Aurélie angerufen und sich nach seinem Zustand erkundigt, doch die Frau wusste kaum mehr als sie. Die Polizei unterband Besuche und hielt Informationen unter Verschluss. Es stellte keine Überraschung dar, frustrierte sie aber dennoch.

Marguerite streckte den Kopf durch eines der Fenster. »Kommst du zum Essen oder willst du es wieder verpassen? Du möchtest doch nicht, dass Philippe denkt, es würde dir nicht schmecken.«

»Auf keinen Fall.« Sie beendete die Programme und schaltete den Computer aus. Seit dem Mittagessen mit ihrer Freundin in der Bibliothek hatte sie nichts mehr bekommen und freute sich auf das Abendessen. Außerdem würde es sie von ihren trüben Gedanken ablenken. Wie es aussah, hatte Hubert sich an einem Raubüberfall beteiligt, dafür würde er die Konsequenzen tragen müssen. Vielleicht hatte er Djeba und Pastel auf dem Gewissen. Und heute hätte er fast Egmont erschossen. Möglicherweise in Notwehr, falls Egmont zuerst geschossen hatte. Sie wiegte skeptisch den Kopf. Pastel war von hinten erschlagen worden. Das sah nicht gerade nach Notwehr aus.

»Beil dich«, drängelte Marguerite. »Ich bin am Verhungern.«

»Bin schon so gut wie da.« Sie schloss die Tür hinter sich und sicherte sie mit einem neuen und schwereren Vorhängeschloss. Es gab ihr ein beruhigendes Gefühl, auch wenn es wahrscheinlich einem ordentlichen Bolzenschneider nicht lange standhielt.

Rauch vom Holzkohlegrill und der Duft von Gebratenem wehte ihr entgegen.

»Das riecht hervorragend.«

»Philippe hat Merguez-Würstchen auf den Grill gelegt.«

»Dann suchen wir uns einen Platz, bevor alles weg ist.« Adeline ging schneller. Die leicht scharfen Lammwürstchen liebte sie.

»Setzen Sie sich doch zu mir«, lud Monsieur Boudan sie ein. »Nachdem alle anderen Gäste tot oder auf der Flucht sind, ist es etwas einsam geworden.«

»Gerne.« Marguerite nahm den Stuhl neben ihm. Adeline zögerte einen Augenblick.

»Dann machen wir noch ein Selfie zur Erinnerung«, schlug sie vor und setzte sich zu ihm. Bevor er einwilligen konnte, hatte sie ihn bereits überrumpelt und ein Foto geschossen.

»Ich schicke es Ihnen gerne.«

»Ich freue mich darauf.« Seine gepresste Stimme ließ nichts von der Freude, die er ansprach, erkennen.

»Das bleibt zwischen uns und wird nicht veröffentlicht«, versprach sie und zwinkerte dem Mann zu, als hätten sie jetzt ein Geheimnis. »Ich sterbe vor Hunger und hole mir etwas vom Grill.«

»Sag mal, flirtest du mit dem?«, fragte Marguerite leise.

Philippe drehte die Würstchen, die bereits dunkel waren. Es zischte und dampfte, als das Fett auf die glühenden Kohlen tropfte.

»Die sehen herrlich aus. Gibst du mir zwei?«

»Klar. Je mehr, desto besser. Ich fürchte, ich habe zu viele auf den Grill gelegt. Wer hätte ahnen können, dass Monsieur Egmont heute überstürzt abreist?«

»Das ist sehr nett ausgedrückt.« Marguerite kicherte leise. »Im Knast wird er die Ansprüche an das Essen deutlich herunterschrauben müssen.«

»Falls welche übrigbleiben, nehme ich gerne kalte Würstchen zum Frühstück«, sagte Adeline. »Hat die Polizei Hinweise in dem Zimmer gefunden?«

»Wer weiß? Ich habe weder gefragt, noch erwartet, dass sie mir etwas mitteilen. Die Sachen von dem Mann hat die Polizei verpackt und mitgenommen«, sagte Philippe. »Was auch gut ist, für morgen haben sich die nächsten Gäste angemeldet. Wir sind den gesamten Sommer ausgebucht.«

»Hoffentlich bringen die neuen Gäste weniger Aufregung«, warf Marguerite ein und hielt ihm ihren Teller hin.

»Das wäre schön«, stimmte er ihr zu und warf einen Blick zu Charlotte, die am Tisch saß. »Mir ist das Baby bereits aufregend genug. Für Mord und Totschlag sind meine Nerven nicht gemacht«, sagte er und wischte sich mit einem Tuch die Schweißperlen von der Stirn.

»Mit uns hast du zwei erfahrene Babysitterinnen in der Bégude«, schwindelte Adeline. »Solltest du mal einen Abend frei haben wollen, springen wir gerne ein.«

»Ihr seid Engel«, sagte er und legte Adeline gebratene Tomatenscheiben in einer Kräuterkruste auf den Teller.

»Also, was ist mit dir und dem Mann?«, drängelte Marguerite auf dem Weg zum Tisch.

»Nichts. Ich wollte nur ein Foto von ihm.«

»Um ihm nachzuspionieren?«

»Das hört sich böse an. Berufliche Neugierde klingt passender.«

»Und Sie wollen uns morgen schon wieder verlassen?«, fragte Marguerite Monsieur Boudan später am Abend.

»Leider ja. Die Firma ruft. Morgen verabschiede ich mich.«

»Was arbeiten Sie, wenn ich fragen darf?« Adeline sah ihn erwartungsvoll an.

»Ich bin Versicherungsagent«, antwortete er und richtete sich gerade auf. Er schien stolz auf seinen Beruf zu sein. »Ich nehme an, Sie sind ausreichend versichert?«, sagte er und sah zu ihrem Turm.

»Ich bin arm wie eine Kirchenmaus, was sollte ich versichern?« Adeline hob die leeren Hände und lachte.

»Da gibt es eine Menge. Ich nehme an, der Innenausbau des Turms besteht hauptsächlich aus Holz, ein Feuer könnte großen Schaden anrichten. Dann ist da noch die Büroeinrichtung, Computer, Kameras und so weiter. Das sind Sachen, die gerne gestohlen werden. Aber wichtiger sind die immateriellen Werte.«

»Und das wären?«, fragte Marguerite.

»Ihr Geschäft«, erwiderte er. »Heutzutage hat man schnell eine Anzeige wegen Verletzung des Urheberrechts oder der Persönlichkeitsrechte am Hals. Irgendwer glaubt, dass er in Ihren Videos schlecht wegkommt und verklagt Sie. Auch wenn er nicht gewinnt, kann der Artikel für eine beträchtliche Zeit gesperrt werden und verdient währenddessen kein Geld.«

»Sowas kann man versichern?« Daran hatte Adeline bisher nicht einen Gedanken verschwendet.

»Natürlich. Erfolgreiche Menschen in Ihrem Beruf besitzen eine Medienversicherung.« Er zog eine Visitenkarte aus seiner Geldbörse und reichte sie ihr. »Ich mache Ihnen gerne ein Angebot.«

»Das ist nett. Ich werde darüber nachdenken.«

»Tun Sie das.«

»Es ist eine weite Strecke bis Paris«, sagte Marguerite. »Sie brechen bestimmt früh auf.«

»Nein. Erst am Nachmittag. Ich gehe es gemächlich an und bleibe über Nacht bei einem alten Freund in Lyon. Das sind keine drei Stunden von hier.«

»Vielleicht sehen wir uns im nächsten Jahr wieder«, sagte Adeline.

»Sollte ich in die Gegend kommen, werde ich sicher in der Bégude übernachten.«

»Ich hoffe, Sie geben uns eine gute Bewertung«, scherzte Marguerite.

»Ganz bestimmt. Vor allem für das Essen.«

Sie unterhielten sich noch eine Weile, bis die Sonne vollständig untergegangen war und Adeline sich verabschiedete.

Die Tür zum Turm hatte sie von innen verriegelt und alle Fensterläden geschlossen. Sie wollte nicht nur die Hitze und potentielle Einbrecher, sondern auch die Fledermäuse, die abends aus ihren Verstecken kamen, draußen halten. Müde, aber gleichzeitig noch zu sehr von den Ereignissen des Tages aufgewühlt, setzte Adeline sich an den Schreibtisch und fuhr den Computer hoch.

Dass es sich bei Hubert um Charles Duran handelte, bezweifelte sie nicht. Genauso wenig, dass er an dem Raubüberfall beteiligt gewesen war und seine Komplizen um die Beute betrogen hatte. Ansonsten wusste sie kaum etwas über ihn. Sie lud die Bilder von dem Nachmittag, als sie gemeinsam das Gerümpel aus dem Turm zur Müllhalde gefahren hatten. Sie hatte hinter ihm gesessen und seine sonnengebräunten, tätowierten Arme, an denen die Muskeln deutlich hervortraten, fotografiert. Die Hände umfassten das Lenkrad des alten Traktors. Er war ein Mann, der körperlich arbeitete, und das sah man ihm an. Die Bilder gefielen ihr. Es waren die besten, die sie seit einer Weile geschossen hatte. Adeline vergrößerte sie und betrachtete eine Tätowierung, die ihr schon an diesem Tag aufgefallen war. Ein Dreieck mit je einem Wort an den Kanten: Legio, Nostra, Patria. Es war unnötig, im Internet zu suchen, das Motto der Fremdenlegion kannte sie. Die Legion ist unser Vaterland. Hubert kam ihr nicht vor wie jemand, der sich aus Eitelkeit eine Tätowierung stechen ließ. Er musste eine Zeit in der Legion gedient haben. Ums Überleben zu kämpfen, stellte demnach für ihn nichts Neues oder gar Ungewöhnliches dar. Ihre Zweifel, ob der Mann es mit dem deutlich jüngeren Djeba oder dem muskelbepackten Pastel aufnehmen konnte, verflogen. Die beiden waren nach Beauregard gekommen, um ihm die Diamanten abzunehmen, vielleicht um Rache zu nehmen. Doch er hatte sie zuerst entdeckt, was sie nicht verwunderte, und war ihnen zuvorgekommen. Egmont musste Hubert überrascht haben. Aber auch diesen Angriff hatte er überlebt. Adeline fragte sich, wo er die Beute versteckt haben konnte. Im Haus war sie jedenfalls nicht gefunden worden.

Sie öffnete den Browser und las erneut die Berichte über den Raub, die sie gespeichert hatte. Die Bande hatte mehrere kostbare Schmuckstücke und einen Beutel mit ungeschliffenen Diamanten erbeutet. Der Wert einiger Millionen würde leicht in eine kleine Plastiktüte passen. Hubert hatte stets damit rechnen müssen, erkannt zu werden. Sollte er gezwungen sein, zu flüchten, würde er die Beute kaum zurücklassen. *Ich würde sie im Haus oder der unmittelbaren Umgebung verstecken, sodass ich sie rasch holen kann, wenn es brenzlig wird.* Sie seufzte leise. Es gab tausende guter Verstecke. Wie sollte sie sie finden? Die Polizei hatte das Haus und den Garten bereits durchsucht und nichts entdeckt.

Sie betrachtete Bilder von Rohdiamanten. Im Vergleich zu den glitzernden Schmuckstücken, die man erhielt, nachdem sie geschliffen worden waren, sahen sie unspektakulär aus. Sie hätte sie für Glassplitter gehalten, von trüb bis milchig oder bräunlich.

Sie nahm die Visitenkarte von Jules Boudan und rief die Webseite der Versicherung auf. Es dauerte nicht lange, bis sie ihn fand. Der Mann war zuständig für Gewerbeversicherungen. Kein Wunder, dass er sie als potentielle Kundin gesehen hatte. Adeline gähnte. Die Suche brachte sie nicht weiter. Sie war inzwischen zu müde, um noch logisch denken zu können.

»Schluss für heute«, murmelte sie und schaltete den Computer aus. Mit einer Campinglaterne in der Hand ging sie die Treppe hinauf in ihr Schlafzimmer.

Adeline schreckte in ihrem Bett hoch. *Das ist es.* In den letzten Stunden hatte sie sich auf dem schmalen Feldbett von einer auf die andere Seite gedreht und kaum Ruhe gefunden. Ihr Verstand hatte an der drängendsten Frage gearbeitet, während sie versuchte, in den Schlaf zu finden.

Sie setzte sich auf und brauchte einen Augenblick, um sich zu orientieren. Die Läden war geschlossen und es herrschte tiefstes Dunkel im Turmzimmer. Adeline tastete mit den Fingern auf dem Boden, bis sie den Schalter für die Stehlampe fand. Ein sanftes Licht erfüllte den Raum und sie stand auf, um einen der Fensterläden zu öffnen und den Kopf hinauszustrecken. Die Bégude lag im Zwielicht der zu Ende gehenden Nacht vor ihr. Kein Mensch war zu sehen und hinter den Fenstern brannte kein Licht. Sie sah zum Radiowecker, es war kurz nach vier. Ihr Körper bettelte um ein paar Stunden Schlaf, doch die Gedanken rasten durch ihren Kopf. Falls sie richtig lag, konnte sie das letzte Rätsel lösen.

Eine Viertelstunde später schob sie ihren Roller durch das Tor der Bégude. Erst auf dem Feldweg startete sie den Motor. Nur weil sie wach war, musste sie nicht alle anderen wecken. Bis Nîmes war es knapp eine Stunde mit der Vespa. Sie würde viel zu früh ankommen, doch noch weiter zu warten, hielt sie nicht aus. Nur dort fand sie die Antworten, die sie suchte.

Die Beute

Nach ihrer Rückkehr aus Nîmes fuhr Adeline direkt zum Café Fleur. Mathieu Passard und Jean-Luc Avent saßen an einem Tisch vor dem Café und tranken Kaffee. Das Fahrrad des Feldhüters lehnte an der Fassade des Nachbarhauses.

»Bonjour«, begrüßte sie die beiden und setzte sich ungefragt zu ihnen an den kleinen Bistrotisch.

»Was kann ich für dich tun?«, fragte der Polizeichef misstrauisch.

»Ich arbeite an dem nächsten Artikel und würde mich über ein paar Informationen freuen.«

»Da wendest du dich besser an Capitaine Rousseau, er bestimmt, was wir rausgeben«, erwiderte er leicht säuerlich. Der Polizist aus Nîmes hatte ihm demnach einen Maulkorb verpasst, was dem gesprächigen Chef de Police mächtig gegen den Strich ging.

»Einer der Verdächtigen ist auf der Flucht, der andere liegt verletzt im Krankenhaus. Damit sollten die Ermittlungen doch abgeschlossen sein.«

»Es ist offensichtlich, Hubert hat uns alle getäuscht. Hätte ich dem Mann nie zugetraut. Zwei Menschen skrupellos umzubringen.« Der Polizeichef schien persönlich beleidigt zu sein, dass ein Einwohner von Beauregard für zwei Mordfälle verantwortlich war.

»Dann ist die Spurensicherung im Haus von Hubert fertig?«

»Ja. Das heißt noch lange nicht, dass du dort reinkannst.« Er hatte ihre Absicht durchschaut, aber sie hatte damit gerechnet, dass er auf diese Art reagieren würde.

»Wenn die Untersuchung abgeschlossen ist, wieso darf ich keinen Blick hineinwerfen? Das verstehe ich nicht.«

»Dann erkläre ich dir das«, sagte er in einem väterlich belehrenden Tonfall und beugte sich näher zu Adeline. »Das Haus gehört dir nicht. Deswegen hast du dort nichts verloren. Solltest du dich trotzdem reinschleichen, werden wir dich wegen Einbruchs festnehmen. Und ich werde keine Ausnahme für dich machen.«

»Das ist doch unfair. Aurélie Benoît dürfte demnach rein, obwohl sie dort nicht wohnt, aber ich nicht«, erwiderte sie empört. »Die Leute von Beauregard haben ein Recht zu erfahren, was in ihrer Stadt vor sich geht.«

»Selbstverständlich haben sie dieses Recht. Sobald die Polizei die Details freigibt, können sie alles in einer ordentlichen Zeitung nachlesen. Für heute Nachmittag ist eine Pressekonferenz angesetzt, du kannst ja hinkommen und zuhören.« Der Mann grinste sie breit an. Irgendeine Laus musste ihm über die Leber gelaufen sein, wenn er es nötig hatte, sie kleinzumachen. Sie konnte sich auch schon vorstellen, um welche Laus es sich handelte.

»Dann sitzen Sie mit Capitaine Rousseau am Tisch und berichten über den Fahndungserfolg?«

Blut schoss in Mathieu Passards Wangen und Jean-Luc Avent schaute geflissentlich zur Seite, während er sich anstrengte, ein Grinsen zu unterdrücken, was ihm nur schlecht gelang. Sie hatte zielsicher getroffen. *Selbst schuld*, dachte sie. Der Chef de Police hasste es, als unwichtig angesehen zu werden.

»Das wird sich zeigen«, sagte er gereizt. »Ich muss sehen, ob ich es schaffe, mich von meinem Dienst freizumachen. Es gibt viel zu tun.«

Er saß während seiner Arbeitszeit im Café Fleur und trank in aller Gelassenheit einen Kaffee. So drängend schienen seine Aufgaben nicht zu sein.

»Und jetzt lass uns in Ruhe. Wir haben Dienstangelegenheiten zu besprechen.« Er wedelte mit der Hand, als würde er eine Fliege verscheuchen.

»Aber klar. Ist bestimmt wichtig«, sagte sie sarkastisch und stand auf. Mathieu Passard rollte mit den Augen, als er hinter ihr hersah, wie sie ins Café ging.

»Ärger mit der Polizei?«, fragte Carmen.

»Nein. Er hat nur seine schlechte Laune an mir ausgelassen.«

»Die Polizisten aus Nîmes behandeln ihn wie einen Laufburschen, den sie nicht für voll nehmen. Du solltest seine Rolle in den Ermittlungen vielleicht etwas mehr herausstellen. Mathieu ist eitel und es wäre dumm, es sich mit ihm zu verscherzen. Vor allem abonniert seine Frau deine Artikel, und wer liest nicht gerne, dass er einen kompetenten und wichtigen Ehemann hat? Madame Passard ist die größte Klatschbase in ganz Beauregard, irgendwann wirst du ein paar Informationen von ihr wollen. Also sieh zu, dass sie dich mag.«

»Ich werde daran denken.«

»Was machst du überhaupt hier? Heute ist dein freier Tag.«

»Ich bin früh aus dem Schlaf geschreckt und konnte nicht mehr einschlafen. Dann bin ich nach Nîmes gefahren, ein paar Erkundigungen einholen.«

»Nach Nîmes? Mit dem Roller? Ich hoffe, das war es wert.«

»Auf jeden Fall. Ich bin sicher, ich kann die Beute aus dem Raub finden.«

»Dann rück mit der Sprache raus«, forderte Carmen sie auf.

»Überraschung«, antwortete Adeline.

»Du weißt, was in Krimis mit Leuten geschieht, die die Lösung eines Verbrechens kennen, aber noch warten wollen, bis sie damit herausrücken?«

»Die werden normalerweise ermordet. Das hier ist aber kein Krimi.«

»Wir haben zwei Leichen in unserem Städtchen, das nenne ich einen Krimi. Draußen sitzt der Chef de Police. Geh zu ihm.«

»War ich ja schon.« Der Mann hatte sie von oben herab behandelt und ihr Stolz ließ es nicht zu, ihm die Lösung des Falls auf einem Silbertablett zu servieren. »Jetzt brauche ich erstmal ein ordentliches Frühstück.«

»Geh in die Küche und hol dir etwas.«

Adeline ging hinter den Tresen und Carmen hielt sie am Arm fest. »Sei vorsichtig. Versprich mir das.«

»Keine Angst. Mir wird nichts passieren.«

»Ich vertraue dir.«

»Kannst du.« Sie umarmte die Frau. Es war beruhigend, Freunde im Ort zu haben.

»Was hast du vor?«, fragte Aurélie und schaute Adeline ungläubig an.

»Ich weiß, wie wir die Beute des Überfalls finden, aber du musst mir dabei helfen.«

»Du glaubst tatsächlich, dass Hubert die Diamanten besitzt und bei sich versteckt?«

»Davon bin ich überzeugt.«

»Darfst du denn das Haus betreten? Es ist immerhin ein Tatort.«

»Ich nicht, aber du schon«, sagte Adeline.

»Ich?«, fragte sie verblüfft.

»Das Haus gehört dir doch, nicht wahr?«

»Natürlich. Es ist ein Teil des Guts. Wir haben es Hubert zum Wohnen überlassen.«

»Wie lange arbeitet er schon bei dir?«

»Mein Vater hat ihn vor über dreißig Jahren eingestellt. Er war häufiger unterwegs, ist aber immer wieder zu uns zurückgekehrt.«

»Eine dieser Reisen hat er für den Überfall auf den Juwelier benutzt.«

»Du bist dir sicher?«

»Absolut. Bei ihm handelt es sich um Charles Duran, den die Männer gesucht haben. Daran gibt es null Zweifel.«

»Er hatte keine einfache Jugend und ist häufiger mit der Polizei aneinandergeraten. Die Zeit beim Militär hat ihn ruhiger werden lassen, doch er kann noch immer ein ziemlicher Hitzkopf sein.« Aurélie Benoît strich sich nachdenklich über die Wange. »Einen Diebstahl würde ich ihm zutrauen, aber einen Mord?« Sie schüttelte den Kopf.

»Die Männer haben sicher keinen Selbstmord begangen und er war der Einzige, der ein Motiv besaß, seine beiden Komplizen aus dem Weg zu räumen«, erwiderte Adeline. »Es gibt mindestens noch einen weiteren Mitwisser, der uns zur Beute führen wird.«

»Du meinst diesen Egmont? Der Kerl, der auf Hubert geschossen hat?«

»Genau. Er wollte im Haus nach den Diamanten suchen und wurde von ihm dabei überrascht.«

»Kann sein«, sagte die Frau leise. »Glaubst du, er kommt zurück?«

»Wer lässt sich eine Millionenbeute durch die Lappen gehen? Der Mann wird das Risiko eingehen. Jedenfalls hoffe ich das. Er humpelte zwar, aber ich hatte nicht den Eindruck, dass er schwer verletzt war.«

»Und du willst ihn schnappen. Das hört sich verrückt an.«

»Hilfst du mir? Zu zweit schaffen wir das.«

Aurélie musterte Adeline eine Weile schweigend, dann nickte sie. »Ich bin dabei. Vielleicht hilft es Hubert, wenn wir die Beute zurückgeben können.«

»Lass uns zum Haus gehen, ich muss noch ein paar Vorkehrungen treffen.«

»Einen Moment.«

Aurélie ging ins Gutshaus. Als sie zurückkam, trug sie ein Schrotgewehr in der Armbeuge.

Adeline stockte für einen Augenblick der Atem. Es hätte ihr klar sein müssen, dass auch Aurélie ein Gewehr besaß, aber es irritierte sie, es in ihrer Hand zu sehen.

»Glaubst du, wir brauchen eine Waffe?«

»Du wartest darauf, dass ein Fremder in Huberts Wohnung auftaucht und uns zu der Beute aus einem Raubüberfall führt. Für das Zeug sind bereits zwei Menschen gestorben, da gehe ich unter keinen Umständen unbewaffnet hin.«

»Na gut«, stimmte sie widerstrebend zu.

»Dann komm!« Aurelie Benoît marschierte los, sie hatte die Führung übernommen und Adeline folgte ihr. Sie gingen das kurze Stück zu Fuß, der Wagen oder das Quad in der Nähe des Hauses würden den Komplizen nur warnen.

Adeline warf einen Blick auf das Gewehr über der Schulter der Frau. Mit einer Waffe wie dieser war Tahar Djeba ermordet und danach in einer Scheune versteckt worden, die Aurélie Benoît gehörte. Sie hoffte, keinen Fehler gemacht zu haben, in dem sie Aurélie vertraute, falls doch, konnte es leicht ihr letzter gewesen sein. Würde die Winzerin für den Erhalt ihres Erbes, des Weinguts, das sich schon seit vielen Generationen im Besitz der Familie Benoît befand, töten? Dessen war sich Adeline nicht sicher.

Adeline verließ Huberts Haus, zog die Tür zu und schloss ab. Bevor sie zurück zu Aurélie ging, versicherte sie sich, dass sie niemand beobachtete. Rasch lief sie durch den Garten zu der Trockenmauer, hinter der die Frau auf sie wartete.

Sie erstarrte und sah Aurélie mit großen Augen an, die zwei Patronen in die doppelläufige Schrotflinte steckte.

»Schau nicht so verschreckt. Glaubst du, es reicht mit dem Ding in der Luft herumzuwedeln und der Kerl ergibt sich vor Angst?«

»Wir wollen niemand erschießen«, sagte Adeline und duckte sich hinter die Mauer.

»Wollen wir nicht«, stimmte Aurélie ihr zu. »Aber wir könnten, wenn die Lage es erfordert, und darauf kommt es an. Falls du recht hast, und tatsächlich jemand auftaucht, dann hat der Kerl vielleicht zwei Menschenleben auf dem Gewissen, denn Hubert war es mit Sicherheit nicht. Er wird nicht zögern, uns ebenfalls aus dem Weg zu räumen, und ich fühle mich zu jung, um widerstandslos abzutreten.« Es klackte, als sie die Waffe zuklappte, und Adeline zuckte zusammen.

Sie glaubt nicht, dass Hubert die beiden Männer umgebracht hat. Ich wünschte, ich könnte ihm genauso vertrauen wie sie. Oder Aurélie. Vielleicht bin ich eine Maus, die eine Katze um Hilfe gebeten hat. Sie wischte die feuchten Hände an den Außenseiten ihrer Hose ab.

»Was hast du drinnen gemacht?«

Adeline schaute über den oberen Rand der Mauer. Von hier aus konnte sie den Garten und einen guten Teil des Hauses beobachten, ohne sofort bemerkt zu werden. Nur die Tür lag auf der entgegengesetzten Seite und damit außerhalb ihrer Sicht.

»Ein einfaches Alarmsystem angebracht.« Sie reichte Aurélie das Handy. Auf dem Display war das Wohnzimmer zu sehen. »Ich habe heute Morgen eine Minikamera in Nîmes gekauft, kostet keine 50 Euro und verbindet sich automatisch mit meinem Smartphone.«

»Sehr praktisch. So was sollte ich mir für das Gut anschaffen.«

Sie hätte es auch schon gut gebrauchen können, dann wüsste sie jetzt, wer in ihren Turm eingebrochen war.

Aurélie reichte ihr eine Flasche Wasser. »Es kann noch eine gute Weile dauern, falls er sich überhaupt sehen lässt.«

»Ich bin sicher, er wird sich die Gelegenheit nicht entgehen lassen, einen Blick ins Haus zu werfen, während Hubert im Krankenhaus liegt. Aber du hast recht, er wird die Gegend eine Weile beobachten, um sicherzugehen, in keine Falle der Polizei zu laufen.«

»Hoffen wir es«, sagte die Frau, lehnte ihren Kopf zurück, bis er an der Trockenmauer lag, und schloss die Augenlider. Adeline beneidete sie um ihre innere Ruhe, sie selbst konnte ihren Blick nicht von dem Bild auf dem Handy abwenden.

Es dauerte länger, als sie vermutet hatte, bis sie das Geräusch eines sich nähernden Autos hörte. Sie hockte sich auf die Knie und lugte über die Trockenmauer. Ein Wagen hielt vor dem Haus, leider außerhalb ihres Sichtfelds. Die Wagentür wurde zugeschlagen. Jemand musste ausgestiegen sein.

Ob es Egmont war, der zurückkam, um sich die Beute zu holen? Angst stieg in ihr hoch und ihr Puls begann zu rasen. Hatte sie sich überschätzt? War sie tough genug, einen Räuber, vielleicht auch einen Mörder, zu stellen? *Bin ich nicht,* schoss es ihr durch den Kopf. Wenigstens war sie nicht allein, und sie waren bewaffnet. Sie warf einen Blick zu Aurélie Benoît. Hoffentlich konnte sie mit dem Gewehr umgehen.

»Ist es so weit?«, murmelte sie und sah zu Adeline hoch.

»Geben wir ihm noch einen Augenblick.« Sie presste die Finger auf die Oberschenkel, damit Aurélie nicht bemerkte, dass sie zitterten.

»Zeig mal.« Aurélie streckte die Hand aus und Adeline hielt das Smartphone zwischen sie, sodass beide auf das Display schauen konnten. Eine Gestalt betrat das Wohnzimmer. Ein Mann, daran gab es keinen Zweifel.

»Verdammt«, murmelte sie. Er trug eine Mütze und das Gesicht war verdeckt.

»Was ist?«

»Ich kann nicht erkennen, ob es Egmont ist.«

»Dann lass uns nachsehen«, entschied Aurélie und stand auf.

Adelines Knie zitterten und sie stützte sich mit einer Hand auf dem Boden ab, um auf die Beine zu kommen. Ihr Herz schlug bis in ihren Hals hinauf.

»Alles klar?«

Ihre Kehle war eng und trocken, und sie nickte, unsicher, ob sie ein Wort herausbekommen würde. Doch auf keinen Fall wollte sie als Feigling vor der Frau angesehen werden. Sie gab sich einen Ruck und ging hinter Aurélie her, die einen Bogen um das Haus schlug, um nicht in die Sicht aus den beiden Wohnzimmerfenstern zu geraten.

»Du gehst vor, ich halte dir den Rücken frei«, wies Aurélie sie an.

Vorsichtig zog Adeline die Haustür auf und schlich durch den kurzen Flur. Sie war froh, dass der Fußboden aus Steinfliesen bestand, auf denen sie sich fast lautlos bewegen konnte. Die Tür zu dem kleinen Wohnzimmer stand offen und sie sah den Mann von hinten. Er hielt das zerschossene Aquarium in den Händen und schüttete den Inhalt in einen Eimer.

»Stehen bleiben«, rief Adeline und betrat das Zimmer, Aurélie folgte dichtauf und ging einen Schritt zur Seite, um freies Schussfeld zu haben.

Der Mann erstarrte, doch die Überraschung verflog rasch. Er setzte das Aquarium auf den Boden, richtete sich auf und drehte sich zu den beiden Frauen.

»Monsieur Boudan«, sagte Adeline, nur mäßig überrascht. Neben Pierre Egmont und Aurélie war er einer der übriggebliebenen Verdächtigen gewesen.

»Hände in die Höhe, sodass ich sie sehen kann«, befahl Aurélie dem Mann und zielte mit der Waffe auf seinen Kopf. Betont langsam und mit einem gleichmütigen Gesichtsausdruck, folgte Jules Boudan der Aufforderung.

»So sieht man sich wieder. Ich dachte, Sie wären bereits auf dem Weg nach Hause«, sagte Adeline.

»Woher wusstest du, dass ich hier auftauche?«

»Ich war unsicher, wen wir hier finden würden. Mein Verdacht lag eher auf Egmont. Der Mann wusste, dass er Hubert oder Charles Duran, wie er sich in Marseille nannte, mit einem Schuss erwischt und ins Krankenhaus, vielleicht sogar ins Gefängnis, befördert hat. Das Haus ist jetzt unbewohnt und ich war mir sicher, er hatte herausgefunden, wo die Beute versteckt ist. Aber Sie wohl auch.« Sie zeigte auf das Aquarium. »Hubert ließ mir gegenüber die Bemerkung fallen, dass das Aquarium das Wertvollste in seinem Leben wäre. Ich habe eine Weile gebraucht, um darauf zu kommen, worauf er anspielte.«

»Und was soll das sein?«, fragte Aurélie. Die Frau hörte sich gereizt an, es missfiel ihr, die einzige Ahnungslose zu sein.

»Der Schmuck fiel bei dem Überfall nicht ins Gewicht, es waren die Diamanten, die wertvoll waren. Ungeschliffene Diamanten unterscheiden sich nicht sonderlich von Glasscherben oder von Quarzkiesel, wie man sie in ein Aquarium füllt. Mit dem Auge ist der Unterschied nicht zu erkennen, vor allem nicht unter Wasser. Selbst das Team von der Spurensicherung hat die Steine übersehen. Als ich die Fische gerettet habe, nahm ich auch eine Handvoll vom Kies mit.«

»Deswegen warst du in Nîmes«, sagte Aurélie.

»Stimmt. Ich habe keine Ahnung von Edelsteinen, aber der Juwelier, den ich in Nîmes aufgesucht habe, hat sie augenblicklich erkannt.«

»Charles oder Hubert, wie er sich hier nannte, war mit allen Wassern gewaschen. Hier spielte er den biederen Arbeiter, aber so war er nicht. Er war durch und durch ein Krimineller«, sagte Boudan abschätzig.

»Er könnte nie jemandem etwas antun«, widersprach Aurélie, und Jules Boudan lachte rau.

»Er war bei der Fremdenlegion. Ich vermute, er hat anderen Leuten bereits einiges angetan«, sagte Adeline leise.

»Sie sind der Kriminelle«, warf ihm Aurélie an den Kopf. »Mit Ihren Kumpanen haben Sie den Juwelier ausgeraubt.«

»Hat er nicht«, widersprach Adeline erneut.

»Wie kommst du darauf?« Sie klang irritiert, aber auch gereizt.

»Du bist schlauer, als ich vermutet habe. Wie bist du dahintergekommen?«, fragte Boudan.

»Als Sie mir eine Versicherung andrehen wollten, wurde ich nachdenklich. Das war keine Schauspielerei, dafür hörte es sich zu echt an. Ich habe Sie natürlich im Internet gesucht. Sie arbeiten tatsächlich als Versicherungsagent.«

»Ja. Das war ein Fehler, dir etwas verkaufen zu wollen. Es steckt einem halt im Blut«, gab er zu.

»Was hat das mit den Diamanten zu tun?«, fragte Aurélie verwirrt.

»Monsieur Boudan arbeitet für die Versicherung, die den Verlust des Juweliers beglichen hat. Ich kann es nicht beweisen, aber ich vermute, er wusste genau, was gestohlen wurde, und ebenfalls von wem. Die Polizei wird den Geschädigten Einsicht in die Akten gegeben haben. Und jetzt, nachdem Gras über die Sache gewachsen war, plante er, sich die Beute zu holen, allerdings nicht, um sie seinem rechtmäßigen Besitzer zu übergeben.«

»Es ist niemand zu Schaden gekommen. Der Juwelier wurde ausbezahlt und meine Firma hat den Verlust schon lange abgeschrieben.«

»Da würden Djeba und Pastel widersprechen«, erwiderte Adeline.

»Wir können sie schlecht fragen«, spottete Boudan.

Ein Windstoß ließ die Vorhänge flattern, schlug hinter ihnen aber auch die Tür ins Schloss. Adeline zuckte zusammen. In dem Moment, in dem Aurélie den Kopf drehte, und zur Tür sah, zog Boudan blitzschnell eine Pistole aus dem Hosenbund und richtete sie auf Aurélie.

»Das war nur der Wind.« Er grinste breit über die Waffe hinweg. »Manchmal hat man Glück.«

»Unentschieden, würde ich sagen.« Der Lauf des Gewehrs zeigte auf den Bauch des Mannes.

»Das sehe ich anders«, sagte er und die Kälte in seiner Stimme ließ Adeline frösteln. »Ich habe nichts zu verlieren und bin bereit, Sie zu erschießen. Sie mögen eine harte Geschäftsfrau sein, aber doch keine Mörderin. Ich wette, Sie zögern, bevor Sie abdrücken, und das ist mein Vorteil. Also runter mit dem Gewehr.«

»Ich bin tougher, als Sie sich das vorstellen«, erwiderte Aurélie, ohne den Lauf der Waffe zu senken.

»Das glaubte Djeba auch von sich.« Er grinste, als er an das verblüffte Gesicht des Mannes denken musste, als er ihm gegenüberstand.

»Woher wussten Sie, dass er hier nach Duran suchte?«, fragte Adeline, um Zeit zu schinden. Wie es aussah, war ihr Plan gerade dabei, katastrophal zu scheitern.

»Seine Freundin ist immer knapp bei Kasse und ich kenne ihren Drogendealer. Sie ist eifersüchtig und hat ihm nachgeschnüffelt. Der dumme Kerl hat die Reservierung von ihrem Computer aus gemacht. Du wirst es nicht glauben, für wie wenig sie ihren Freund ans Messer geliefert hat.«

»Und Sie haben ihn erschossen.«

»In Notwehr«, erwiderte er, doch das amüsierte Lächeln widersprach seinen Worten.

»Und Pastel?«

»Er war ein anderes Kaliber als Djeba.« Boudan nickte anerkennend. »Aber auch viel zu vertrauensselig. Es brauchte nur ein paar Glasscherben und er hat mir die Geschichte abgenommen, zu wissen, wo Duran die Beute versteckt hatte. Wir wollten sie an dem Abend holen und er hat Egmont auf eine falsche Fährte geschickt, um nicht teilen zu müssen. Leider ist er versehentlich über die Klippe gefallen.« Er gab sich keine Mühe, den Sarkasmus zu unterdrücken. »Wahrscheinlich plante er bereits mein Ableben und ich bin ihm nur zuvorgekommen. Der Mann war zu gierig.«

»Wieso haben Sie seine Leiche nicht besser versteckt?«

»Ich konnte es kaum fassen, aber tatsächlich tauchte Charles unterhalb der Klippe auf. Er musste den Schrei gehört haben. Natürlich hat er Pastel augenblicklich erkannt. Er ist ein kluger Kopf und konnte sich rasch zusammenreimen, dass Pastel und seine Komplizen sein Versteck entdeckt hatten und hinter ihm her waren. Er nahm die Speicherkarte aus der Kamera, schnappte sich den Rucksack und verschwand. Mir blieb nichts anderes übrig, als mich ebenfalls aus dem Staub zu machen. Ich konnte nicht wissen, ob er nicht dabei war, seine Flinte zu holen und zurückzukommen.«

»Ich glaube, ich weiß, wie es weiterging«, sagte Adeline.

»Lass mal hören, schlaues Kindchen.«

»Sie haben Egmont erzählt, wo er Charles Duran und die Beute finden kann. Ich vermute, in der Hoffnung, dass die beiden sich gegenseitig umbringen würden, haben Sie vorher Hubert gewarnt, dass er Besuch bekommen würde.«

»Wenn ich die Hände frei hätte, würde ich jetzt applaudieren.« Er lachte, doch die Mündung der Waffe bewegte sich nicht.

In diesem Moment heulte vor dem Haus die Sirene eines Polizeiwagens auf.

»Merde.« Boudan riss den Kopf herum und sah zum Fenster. Im gleichen Augenblick krachte ein Schuss und seine Pistole durch das Wohnzimmer. Blut spritzte gegen die Glasscheiben und die weiß getünchte Wand. Schreiend hielt Boudan sich die blutende Hand und stürzte rückwärts auf das Sofa. Adeline starrte auf das rauchende Gewehr, das Aurélie auf den Mann richtete.

»Tough genug für dich, Arschloch«, fauchte die Frau ihn an.

Die Haustür flog krachend auf. Mathieu Passard und Brigadier Morant stürmten herein, beide hielten ihre Dienstwaffen in den Händen.

»Was ist hier los?«, rief der Polizeichef und sah sich um.

»Wir haben den Mörder von Djeba und Pastel überführt«, sagte Aurélie.

»Ich muss hier raus.« Adeline torkelte an dem verblüfften Polizisten vorbei, hinaus ins Freie. An der Gartenmauer gaben ihre Knie endgültig den Dienst auf und sie ließ sich ins Gras fallen. Der Geruch des Schwarzpulvers klebte noch immer in ihrer Nase und sie atmete die frische Luft tief ein. Ihre Finger zitterten unkontrolliert und sie rieb die Hände aneinander.

»Alles gut?«, fragte Aurélie, die aus dem Haus kam und sich neben sie setzte.

»Nichts ist gut«, presste sie heraus. »Der Kerl hätte uns fast erschossen.«

»Ja. Es war knapp«, antwortete sie mit einer Gelassenheit, die Adeline nicht fassen konnte.

»Was für ein Zufall, dass Mathieu gerade vorbeikam. Sonst bewegt er seinen Hintern doch nie aus der Stadt hinaus.« Aurélie sah sie fragend an.

»Ist eigentlich kein echter Zufall. Ich habe ihm vom Handy eine Nachricht geschickt, dass ich mich jetzt in Huberts Haus umsehen und es mir nicht von ihm verbieten lassen würde. Er hat es ausdrücklich verboten und war sowieso schon sauer auf mich. Ich habe mich darauf verlassen, dass er in den Wagen springt, um mir die Leviten zu lesen. Das mit der Sirene war eine Vorwarnung an mich, damit hatte ich nicht gerechnet, aber es hat uns das Leben gerettet.«

»Dieser Kerl hatte recht, du bist ein schlaues Kind.« Aurélie lehnte sich mit dem Rücken gegen die Gartenmauer und sah zu, wie Brigadier Morant zum Wagen lief, den Verbandkasten herauskramte und wieder ins Haus rannte.

»Du hast ihn ordentlich erwischt.«

»Nur die Hand und den Arm. Ich habe auf die Pistole gezielt.«

»Danke.«

»Gerne. Ich hoffe, jetzt wird es deutlich ruhiger bei uns.«

»Geht mir genauso.«

»Dann kannst du dich gleich an den nächsten Artikel setzen. Immerhin hast du einen Doppelmörder überführt. Wenn das die Zahl deiner Leser nicht explodieren lässt, weiß ich auch nicht weiter.«

Adeline hob die Hände hoch. »So wie meine Finger zittern, wird das mit dem Schreiben erst mal nichts.«

»Lass dir Zeit, diese Story hast du noch für ein paar Stunden exklusiv.« Sie lehnte sich zu ihr. »Schieß Fotos, wenn sie ihn abführen.«

Mathieu Passard tauchte in der Tür auf und kam mit weiten Schritten auf sie zu. Zorn blitzte in seinen sonst so friedlichen Augen auf.

»Was geht in deinem Hirn vor?«, schrie er Adeline an. »Dich mit einem eiskalten Mörder anzulegen. Der hätte dich ohne zu zögern erschossen. Was hätte ich deinen Eltern erzählen sollen?«

»Ich konnte ja nicht ahnen, dass es gefährlich werden würde«, versuchte sie, sich zu verteidigen.

»Deswegen habt ihr auch eine Schrotflinte dabei. Verarsch mich nicht«, fauchte er sie an.

»Muss ein gutes Gefühl sein«, sagte Adeline.

»Was soll das denn heißen?«

»Sie haben gerade einen Doppelmörder festgenommen. Und das vor der Kriminalpolizei aus Nîmes. Der Bürgermeister, die Bewohner von Beauregard und besonders Ihre Frau werden sehr stolz auf Sie sein.«

Passard stutzte. Der Gedanke war ihm in der Aufregung noch gar nicht gekommen. Sie sah, wie es hinter seiner Stirn arbeitete. Der Zorn auf Adeline verpuffte und ein schadenfreudiges Lächeln zog seine Lippen auseinander.

»Dann sollte ich ihn jetzt besser informieren«, sagte er langsam. Adeline vermutete, der Mann war bereits damit beschäftigt, sich das Gesicht von Capitaine Rousseau vorzustellen, wenn er ihm den Mörder präsentierte. Der arrogante Kerl würde vor Wut platzen.

»Ich würde gerne verschwinden, bevor er eintrifft«, sagte Adeline.

»Bestimmt will er deine Aussage aufnehmen.«

»Ich stehe unter Schock und brauche Ruhe. Vielleicht gehe ich besser zu einem Arzt«, wandte sie ein. Auf keinen Fall wollte sie dem Polizisten unter die Augen kommen. Er würde seinen Frust, gegenüber der Police municipale den Kürzeren gezogen zu haben, an ihr auslassen, und darauf konnte sie bestens verzichten.

»Wenn das so ist ... Sollen wir dich heimfahren?«

»Nein. Bringen Sie Boudan in den Knast, ich komme schon in die Bégude. Es ist ja nur ein kurzer Fußmarsch.«

So wie Mathieu Passard sich das Treffen mit Capitaine Rousseau bildlich ausmalte, formulierte sie bereits in Gedanken den Artikel, den sie tippen würde, sobald sich ihre Nerven beruhigt hatten.

Brigadier Morant führte Jules Boudan heraus und Adeline hob das Handy. Diese Aufnahme durfte sie sich nicht entgehen lassen. Die Hand des Mannes war verbunden und das Gesicht schmerzverzerrt. Trotzdem brachte er es zustande, den beiden Frauen einen hasserfüllten Blick zuzuwerfen, bevor er in den Wagen verfrachtet wurde. Morant ging nicht sonderlich sanft mit ihm um.

»Ich mache mich dann ebenfalls auf den Weg«, entschied Aurélie Benoît. Sie nahm Adeline in die Arme und drückte sie fest, bevor sie sich beide auf den Heimweg machten, in entgegengesetzte Richtungen.

Der Chef de Police zog die Tür zu, ging zum Streifenwagen und fuhr los. Brigadier Morant blieb und bewachte das Haus, bis die Kriminalpolizei und die Spurensicherung auftauchten. Er zog ein Päckchen Zigaretten aus der Brusttasche und setzte sich auf die Bank im Garten. Es war angenehmer, hier zu sitzen, als in der Dienststelle Protokolle zu tippen.

»Guter Job«, sagte er unerwartet.

Adeline war bereits am Gartentor. Sie stutzte und drehte sich zu ihm um. Ein Lob oder Anerkennung hatte sie von dem meist grummeligen Mann noch nie gehört.

»Danke.«

»Aber lass das nicht zur Gewohnheit werden. Irgendwann kommen wir nicht rechtzeitig und es wäre echt schade um dich.«

»Ich versuche, daran zu denken«, sagte sie und ließ den Mann im Garten zurück.

Picknick

Sébastien breitete eine Decke aus und stellte den Picknickkorb in den spärlichen Schatten eines halbhohen Buschs. Bis zum Ufer der Gardon waren es nur ein paar Meter und über ihnen erhob sich der Pont du Gard, das Wahrzeichen der Gegend.

»Ich hatte dir ein Essen versprochen«, sagte er und packte einige Plastikdosen und eine Flasche Perrier aus. »Es sieht nicht nach viel aus, aber alles stammt aus Oscars Küche. Ich habe ihm heute Morgen die Sachen abgeschwatzt. Ich soll dir schöne Grüße bestellen.«

»Dann muss es exquisit sein.« Adeline hatte die Kochkünste von Maître Oscar, dem Küchenchef der luxuriösen Seniorenresidenz im Château de Beauregard, bereits kennen und schätzen gelernt. »Ich freue mich auf unser Picknick.«

»Und ich bin froh, dass es überhaupt dazu gekommen ist«, sagte er und ein vorwurfsvoller Unterton schlich sich in seine Stimme.

»Was meinst du?«

»Du hast mir versprochen, auf dich aufzupassen, und dann legst du dich am nächsten Tag mit einem kaltblütigen Mörder an. Wieso hast du nicht angerufen? Ich hätte dich begleitet.«

»Und dein eigenes Leben riskiert?«, fragte sie verwundert.

»Selbstverständlich. Du bist mir wichtig.«

Adeline beugte sich vor und küsste ihn zärtlich auf den Mund. »Du mir auch«, flüsterte sie ihm zu.

»Dann mach so was bitte nicht erneut, ohne mich mitzunehmen«, bat er und suchte den Blickkontakt mit ihr. Die Sorge um sie war deutlich in seinem Gesicht zu lesen. Adeline schluckte, sie hatte nicht erwartet, dass es ihn so mitnehmen würde, dass sie sich in Gefahr begeben hatte.

»In so eine Situation werde ich hoffentlich nie wieder kommen. Nachdem Boudan gefasst wurde, wird hier in Beauregard die gewohnte Ruhe einkehren. Das Aufregendste, das für mich ansteht, ist es, mit Monsieur Clairon seine gefiederten Freunde zu beobachten. Da wird mir kaum etwas zustoßen.« Sie fand, dass es nicht die passende Gelegenheit war, ihm zu verdeutlichen, dass sie als Journalistin arbeitete. Sie würde nicht auf eine Reportage verzichten, nur weil sich jemand, der ihr wichtig war, um sie sorgte. Dieses Gespräch hatte Zeit, heute würde sie das wundervolle Essen und seine Gesellschaft genießen.

»Das hoffe ich«, sagte er leise, aber auch skeptisch. *Ob er ebenfalls zu den Leuten wie Capitaine Rousseau und Mathieu Passard gehört, die glauben, ich würde Verbrechen geradezu magisch anziehen? Was für ein Blödsinn.*

»Reichen die Beweise gegen diesen Boudan aus, um ihn zu verurteilen?«, fragte Sébastien. »Ich wäre froh, wenn er für lange Zeit aus dem Verkehr gezogen wird.«

»Ich bin kein Richter, aber es ist mehr als wahrscheinlich. Die Überwachungskamera hat sein Geständnis aufgenommen und ich habe die Datei der Polizei übergeben. Außerdem war Aurélie dabei.«

»Bestimmt hast du eine Kopie gemacht.«

»Nur zur Sicherheit.« Irgendwann würde sie über die Vorgänge in dem Haus berichten, dann würde sie sich die Aufnahmen erneut ansehen. Momentan wollte sie nicht daran denken, wie knapp sie dem Mann entkommen war. Ohne Aurélie und ihre Treffsicherheit würde sie jetzt nicht hier sitzen.

»Dann ist die Geschichte zu einem guten Ende gekommen.« Sébastien legte verschiedene kleine Pasteten und etwas Salat auf einen Teller und reichte ihn ihr.

»Egmont ist gestern von der Polizei geschnappt worden und wartet jetzt auf seinen Prozess. Hubert ist noch im Krankenhaus. Da sie die Diamanten in seinem Haus gefunden haben, werden sie ihn wegen des Überfalls in Marseille anklagen.« Sie war froh, dass sie mit ihrer Einschätzung nicht vollkommen danebengelegen hatte und der Mann die beiden Morde nicht begangen hatte.

»Du hast der Polizei viel Arbeit abgenommen.«

»Unser Chef de Police läuft jedenfalls mit breiter Brust durch die Stadt und genießt es, einen Doppelmörder festgenommen und der Kriminalpolizei die Show gestohlen zu haben. Capitaine Rousseau hat sich seitdem hier nicht mehr blicken lassen, nur Lieutenant Gaudry war gestern bei mir.«

»Was hat sie gewollt?« Er musterte sie eingehend.

»Keine Sorge, mir droht kein Ärger mit der Polizei, ganz im Gegenteil.«

»Sie geben dir eine Medaille und machen dich zur Ehrenpolizistin?«

»Eher würde Rousseau sich in den eigenen Hintern beißen«, sagte sie und lachte. »Es geht um die Diamanten.«

»Hast du ein paar für dich behalten?«

»Schön wär's, aber die Polizei hat alle abgeholt. Nur die Fische haben sie mir dagelassen. Lieutenant Gaudry wollte mir persönlich mitteilen, dass es eine Belohnung gibt, die die Versicherung damals auf die Wiederbeschaffung der Diamanten ausgesetzt hat.«

»Du bist reich«, sagte Sébastien und reichte ihr einen Plastikbecher mit Mineralwasser. »Beim nächsten Mal gibt es Champagner.«

»Lieber nicht, davon wird mir übel«, wehrte sie lachend ab. »Ich teile die Belohnung natürlich mit Aurélie.«

»Hört sich vernünftig an, schließlich hat sie dir das Leben gerettet«, stimmte er ihr zu. »Was hast du mit dem Geld vor?«

Sie stellte den Teller zur Seite und legte sich auf den Bauch.

»Da gibt es nicht viel zu überlegen. Ich brauche ein anständiges Bad. Jeden Morgen im Pyjama durch die Bégude zu laufen, ist kein Dauerzustand.«

»Sieht bestimmt sehr hübsch aus.«

»Sollte danach noch etwas Geld übrig sein, könnte ich ein paar Möbel gebrauchen«, sagte sie, ohne auf seine Bemerkung einzugehen. »Das steinharte Feldbett gegen ein ordentliches Bett mit einer bequemen Matratze einzutauschen, würde mir gefallen.«

Sébastien hielt ihr eine Praline hin, die sie sich in den Mund steckte.

»Du könntest mir den Rücken eincremen, bevor ich einen Sonnenbrand bekomme«, nuschelte sie.

»Gerne.« Sie beobachtete ihn, wie er die Creme aus seinem Rucksack holte, und einen großen Klecks auf seinen Händen verrieb. Dann legte sie den Kopf auf ihre Arme. *Mein Leben ist gerade perfekt. Ich wohne an einem wundervollen Ort bei meinen Freunden, der Job läuft rasanter an, als ich es mir erträumt habe, die Leute schauen sich meine Reportagen an und ich habe jemanden, den ich mag und der mir den Rücken eincremt. Was könnte ich mir noch wünschen?*

Adeline schloss die Augen, genoss die Berührung und seufzte leise. So schnell würde sie hier nicht mehr aufstehen.

Printed in Poland
by Amazon Fulfillment
Poland Sp. z o.o., Wrocław

50796071R00106